MOEWIG

D1726626

EDITION GOLDKÄFER

DIE FÄLLE DES MONSIEUR DUPIN

KRIMINALGESCHICHTEN

EDGAR ALLAN POE

MOEWIG Band Nr. 2705
Verlagsunion Erich Pabel-Arthur Moewig KG, Rastatt

© dieser Ausgabe 1990
by Verlagsunion Erich Pabel-Arthur Moewig KG, Rastatt
Umschlagentwurf und -gestaltung: Werbeagentur Zeuner, Ettlingen
Auslieferung in Österreich:
Pressegroßvertrieb Salzburg Gesellschaft m.b.H.,
Niederalm 300, A-5081 Anif
Printed in Germany 1990
Druck und Bindung: Ebner Ulm
ISBN 3-8118-2705-7

Inhalt

Der Doppelmord in der Rue Morgue

*Was für ein Lied die Sirenen sangen, oder was
für einen Namen Achilles annahm, als er sich
unter Weibern versteckte, darüber lassen sich,
wenn es auch schwierige Fragen sein mögen,
doch allerlei plausible Vermutungen anstellen.*
Sir Thomas Browne.

Die geistigen Eigentümlichkeiten, die unter dem Namen
der analytischen bekannt sind, sind an und für sich der
Analyse nur wenig zugänglich. Wir würdigen sie nur in
ihren Wirkungen. So wissen wir zum Beispiel von ihnen,
daß sie, wenn sie in ungewöhnlichem Grade vorhanden
sind, ihrem Besitzer eine Quelle der höchsten Genüsse
sind. Gleichwie ein Starker sich seiner physischen Kraft
freut und sein höchstes Vergnügen an Übungen findet, die
seine Muskeln in Tätigkeit setzen, ebenso freut sich auch
der Analytiker jener geistigen Tätigkeit, die da entwirrt,
was verworren ist. Selbst die trivialsten Geschäfte machen
ihm Freude, wenn sein Talent Gelegenheit findet, sich
daran zu üben. Rätsel, Wortspiele, Hieroglyphen – alles
das liebt er; dabei entwickelt er in seinen Lösungen einen
so hohen Grad von Scharfsinn, daß er gewöhnlichen Men-
schenkindern als etwas Übernatürliches erscheint. Seine
Resultate sehen, obwohl eine Frucht fleißig und geschickt
angewandter Methode, in Wahrheit einer Intuition gleich.
Ich will nicht bestreiten, daß das Auflösungsvermögen
durch mathematische Studien sehr erhöht wird, insbesondere durch jenen höchsten Zweig derselben, der, unge-
rechterweise und einzig und allein wegen seiner retrogra-

den Operationen, gleichsam vorzugsweise Analysis genannt worden ist. Gleichwohl ist Rechnen nicht an und für sich Analysieren. Ein Schachspieler tut zum Beispiel das erstere, ohne sich um das andere im mindesten zu kümmern. Hieraus geht hervor, daß man das Schachspiel in seiner Wirkung auf den Geist sehr mißversteht. Ich schreibe hier keine gelehrte Abhandlung, sondern schicke bloß einer etwas eigentümlichen Erzählung etliche Bemerkungen voran, wie sie mir eben in den Sinn kommen; ich will deshalb die Gelegenheit ergreifen, um die Behauptung aufzustellen, daß die höheren Kräfte des denkenden Geistes durch das bescheidene Damenspiel weit entschiedener und nützlicher in Anspruch genommen werden als durch den ganzen mühevollen und doch frivolen Plunder des Schachspiels. Bei letzterem, wo die Figuren verschiedene und wunderliche Bewegungen von verschiedenem und veränderlichem Wert haben, wird etwas, was bloß zusammengesetzt ist, fälschlicherweise (ein nicht seltener Irrtum) für etwas Scharfsinniges, in die Tiefe Gehendes gehalten. Hier wird bloß die Aufmerksamkeit gewaltig in Anspruch genommen. Erlahmt sie auch nur einen Augenblick, so übersieht man leicht etwas, was eine Niederlage oder einen Schaden nach sich zieht. Da die möglichen Züge nicht allein vielfach, sondern auch verwickelt sind, so ist es notwendigerweise auch sehr leicht möglich, dieses oder jenes zu übersehen; und unter zehnmal gewinnt die Partie sicher neunmal der Spieler, der seine Aufmerksamkeit auf seinen Gegenstand zu konzentrieren versteht, nicht aber der scharfsinnigere Spieler. Im Damenspiel dagegen, wo in den Zügen eine große Gleichförmigkeit herrscht, spielt die Aufmerksamkeit keine so große Rolle, da sie verhältnismäßig nur wenig in Anspruch genommen wird; fast alle Vorteile, die von den Spielenden erlangt werden, verdanken sie ihrem größeren Scharfsinn. Doch denken wir uns, um minder abstrakt zu sein, eine Partie auf dem Damenbrett, wo nur noch vier Damen stehen und sich also nicht erwarten läßt, daß man etwas übersehen werde. Offenbar kann, wenn wir die beiden Spielenden als gleich stark voraussetzen, der Sieg hier einzig und allein durch einen außerordentlich geschickten Zug entschieden werden, der wiederum das Resultat einer ungewöhnlichen Geistesanstrengung ist. Weiß der Analytiker sich sonst nicht zu helfen, so denkt er sich in seinen Gegner hinein, identifiziert sich mit dessen Geist und findet so nicht selten auf einen Blick die bisweilen recht albern wirkenden einfachen Methoden, wodurch allein es ihm gelingen kann, den anderen irrezuführen oder zu einem unbesonnenen Zuge zu veranlassen.

Schon lange ist das Whistspiel wegen seines Einflusses auf das sogenannte Berechnungsvermögen berühmt; auch haben Männer von höchsten Geistesgaben bekanntlich eine dem Anschein nach unerklärliche Freude daran gehabt, während sie das Schachspiel als frivol mieden. Ohne Zweifel existiert nichts, was das Analysierungsvermögen in so hohem Grade in Anspruch nimmt. Der beste Schachspieler der Christenheit ist möglicherweise kein Haar mehr als eben der beste Schachspieler; ein gewandter Whistspieler dagegen muß auch so viel Kopf besitzen, daß er mit Glück alle wichtigeren Unternehmungen durchführt, wo Geister mit Geistern kämpfen. Wenn ich hier von Gewandtheit spreche, so verstehe ich darunter jenen Überblick, dem nichts verborgen bleibt, woraus sich ein rechtmäßiger Vorteil ziehen läßt. Dieser Hilfsquellen aber, die es aufzufinden und zu nutzen gilt, gibt es gar viele und verschiedene; häufig aber erschließen sie sich nur dem feineren Kopfe, da sie für Menschen mit gewöhnlichen Augen viel zu tief liegen. Aufmerksam beobachten heißt sich deutlich erinnern, und insofern wird der aufmerksame Schachspieler beim Whist nicht übelfahren, vorausgesetzt, daß er seinen Hoyle in- und auswendig kennt (Hoyle, dessen Regeln sich wiederum auf den bloßen Mechanismus des Spiels gründen). So geschieht es denn, daß ein gutes Gedächtnis und möglichst genaues Spielen nach dem Buch gewöhnlich als der Inbegriff aller Spielweisheit angesehen werden. Allein die Geschicklichkeit des Analytikers bewährt sich in Dingen, die über die Grenzen der bloßen Regel hinausgehen. In aller Stille macht er eine Menge Beobachtungen und Schlüsse. Ebenso machen es vielleicht die Mitspielenden; der Unterschied aber in der Größe des erlangten Wissens liegt nicht sowohl in der Richtigkeit des Schlusses als in der Art der Beobachtung. Das notwendige Wissen hat alles dasjenige zum Gegenstande, was sich füglich beobachten läßt. Unser Spieler beschränkt sich keineswegs, noch weist er, weil das Spiel die Hauptsache ist, Schlüsse aus Dingen zurück, die neben dem Spiel als reine Äußerlichkeiten erscheinen. Er beobachtet die Miene des Mitspielers, das heißt seines Partners, und vergleicht sie zugleich sorgfältig mit der Miene seiner Gegner. Er sieht, wie die anderen ihre Karten in der Hand ordnen; oft zählt er einen Trumpf nach dem anderen und ein Bild nach dem anderen in den Blicken, die jeder Spieler auf seine Karten wirft. Er merkt sich im Verlauf des Spiels jeden Mienenwechsel und leitet eine Menge Schlüsse aus einem Wort, einer Geste, einem Blick ab. Eine Vielzahl von Gedanken wird so in jedem Augenblick bei ihm geweckt. Nichts in dem Gebaren des Whistspielers ist ihm gleichgültig: Freude, Staunen, Traurigkeit – alles weiß er zu deuten. Aus der Art und Weise, wie ein Stich eingezogen wird, urteilt er, ob die Person, die ihn eingezogen hat, mit ihren Karten noch einen machen kann. Er sieht, ob eine Karte nur zum Schein gespielt wird oder nicht, und zwar sagt ihm dies die Miene, mit der man eine Karte auf den Tisch hinwirft. Ein zufälliges oder unbedachtes Wort, das gelegentliche Fallenlassen oder Umkehren einer Karte in Verbindung mit dem ängstlichen oder gleichgültigen Wesen dessen, der diese Karte zu verbergen sucht; das Abzählen der Stiche und die Art und Weise, wie sie hingelegt werden; ein verlegenes, unschlüssiges, übereifriges oder furchtsames Wesen – alle diese Zeichen sagen ihm, wie die Dinge in Wahrheit stehen. Es ist, als sehe er alles kraft einer plötzlichen Intuition. Sobald zwei- bis dreimal herumgespielt ist, weiß er, was für Karten in jeder Hand sind, und nun spielt er die seinigen mit einer Sicherheit aus, als ob sämtliche Mitspieler ihm die ihrigen fortwährend zeigten.

Man muß sich wohl hüten, das Analysierungsvermögen mit einem sinnreichen Wesen zu verwechseln; denn während der Analytiker notwendig sinnreich ist, findet man den bloß sinnreichen Mann oft in hohem Grade unfähig, etwas zu analysieren. Die Kombinationsgabe, wodurch sich sinnreiches Wesen gewöhnlich kundgibt – und welcher die Phrenologen, wie ich glaube irrtümlich, ein besonderes Organ angewiesen haben, da sie dieselbe für eine Unfähigkeit halten –, hat man bei Menschen, deren Verstand sonst an Blödsinn grenzte, so häufig wahrgenommen, daß eine Menge Schriftsteller darauf aufmerksam geworden sind. Zwischen einem sinnigen, sinnreichen Wesen und analytischer Geschicklichkeit ist in der Tat der Unterschied weit größer als zwischen bloßer Einbildung und Imagination; indessen ist er von streng analogem Charakter. Man wird in der Tat finden, daß sinnreiche Menschen stets reich an Einbildungen aller Art sind, während ein wahrhaft phantasiereicher Mensch immer nur ein Analytiker ist.

Nachstehende Erzählung wird, wie ich denke, dem Leser einigermaßen im Licht eines Kommentars zu den vorausgeschickten Sätzen erscheinen.

Bei einem Aufenthalt in Paris während des Frühlings

und eines Teiles des Sommers 18.. machte ich die Bekanntschaft eines Herrn C. Auguste Dupin. Es war dieser junge Mann von sehr guter, ja von hochberühmter Familie. Durch eine Kette unglücklicher Schicksale aber war er in so tiefe Armut geraten, daß die Energie seines Charakters darunter erlag, so daß er sich um gar nichts mehr kümmerte und aufhörte, sich nach einer besseren Lage zu sehnen. Seine Gläubiger waren so artig gewesen, ihm einen kleinen Teil seines väterlichen Vermögens zu lassen; von dem Einkommen nun, das dieses abwarf, schaffte er sich die allernotwendigsten Lebensbedürfnisse an. Der Luxus, den er um sich her entfalten sah, genierte ihn nur wenig; und höchstens gönnte er sich den interessanter Bücher – ein Luxus, der in Paris nicht mit allzugroßen Kosten verbunden war. In allem übrigen huldigte er – notgedrungen, wie schon gesagt – der strengsten Sparsamkeit.

Wir lernten einander in einem obskuren Buchladen der Rue Montmartre kennen, wo wir zufällig beide ein und dasselbe Buch zu finden hofften – ein Buch, das für ebenso selten als merkwürdig gelten konnte. Von diesem Tage an sahen wir einander öfter. Ich nahm nicht geringes Interesse an der Familiengeschichte, die er mir mit all der Aufrichtigkeit erzählte, deren ein Franzose fähig ist, wenn es sich um sein liebes Ich und um Geldsachen handelt. Was mich nicht wenig überraschte, war seine ungeheuere Belesenheit. Vor allem aber fand ich mich angesprochen von der Frische, von der Lebendigkeit, von dem seltenen Reichtum, von der Zügellosigkeit seiner Phantasie. Da er in Paris gerade die Dinge suchte, die ich mir zu finden vorgenommen hatte, so erschien mir die Gesellschaft eines solchen Mannes als ein wahrhaft unschätzbarer Reichtum; auch machte ich ihm gegenüber daraus gar keinen Hehl. Endlich machten wir miteinander aus, daß wir zusammen wohnen wollten, so lange mein Aufenthalt in der großen Weltstadt dauern würde; und da meine Vermögensumstände etwas besser waren als seine, so durfte ich auf meine Kosten ein vom Zahn der Zeit ziemlich angefressenes und groteskes Häuschen mieten und in einer Weise möblieren, die unserem düster-phantastischen Wesen am meisten zusagte. Das fragliche Häuschen war schon längst unbewohnt infolge abergläubiger Ansichten, die wir nicht erforschen mochten, und sah ziemlich baufällig aus. Es lag in einem nur wenig besuchten und nur wenig freundlichen Teil des Faubourg St. Germain.

Hätte die Welt gewußt, wie wir in diesem Häuschen lebten, so würde man uns sicherlich als wahnsinnig betrachtet haben – wenn man vielleicht auch unseren Wahnsinn für einen harmlosen erklärt hätte. Unsere Abgeschiedenheit von der übrigen Welt war vollständig. Wir nahmen keine Besuche an. Was mich selbst betrifft, so hatte ich meinen früheren Freunden und Bekannten von meiner Wohnungsveränderung nichts gesagt, und Dupin hatte schon lange aufgehört, sich um die Pariser Welt zu kümmern oder von ihr gekannt zu sein. Wir lebten also lediglich füreinander.

Es war von meinem Freunde ein recht phantastischer Einfall, daß er in die Nacht um ihrer selbst willen verliebt war. Auf diese Wunderlichkeit sowie auf alle seine anderen Sonderbarkeiten ging ich bereitwilligst ein, und keine seiner Launen, wie phantastisch sie immer sein mochte, fand an mir einen Tadler. Da die schwarze Gottheit sich weigerte, stets um uns zu sein, so dachten wir auf Wege und Mittel, sie künstlich dazu zu zwingen. Sobald der Morgen graute, war es unser erstes, die massiven Fensterläden unseres Häuschens zu schließen; sodann zündeten wir ein paar Kerzen an, die, stark parfümiert, die geisterhaftesten Strahlen von der Welt verbreiteten. Dann wiegten wir uns in Träume ein, lasen, schrieben, sprachen, bis endlich die Uhr uns die Ankunft der wahren Finsternis meldete. Als-

bald gingen wir jetzt aus, um, Arm in Arm fortschlen-
dernd, unser Gespräch fortzusetzen; oder aber wir
schwärmten bis in die späte Nacht hinein herum, in den
grellen Lichtern und den dichten Schatten der volkreichen
Stadt jene Unendlichkeit geistiger Aufregung suchend,
welche dieselbe einem aufmerksamen Beobachter in so
reichem Maße zu bieten vermag.

In solchen Augenblicken konnte ich nicht umhin, die
eigentümliche analytische Geschicklichkeit Dupins wahrzunehmen und zu bewundern, obwohl seine reiche Ideali-
tät mich solches immer hatte erwarten lassen. Auch schien
mein Freund davon stets mit großem Vergnügen Gebrauch
zu machen, wenn auch nicht gerade damit zu paradieren;
und er nahm gar keinen Anstand, mir zu gestehen, welche
Quelle von Genüssen diese Gabe für ihn sei. Oft rühmte er
mich mit einem leisen, halb unterdrückten Lachen, daß die
meisten Menschen für ihn Fensterchen an der Brust hätten,
und solche Behauptungen pflegte er dann durch direkte
und höchst auffallende Beweise zu bewahrheiten. Nichts
konnte über die Kenntnis gehen, die er von meinem inner-
sten Wesen hatte. In den Augenblicken aber, wo er seine
analytische Geschicklichkeit bewies, war sein Wesen kalt
und tiefsinnig, seine Augen blickten öde und ausdruckslos,
dagegen wurde seine Stimme, sonst wie ein reicher Tenor,
zu einem Diskant, der keck geklungen haben würde, wäre
die Aussprache nicht so bedächtig und so durchaus deutlich
gewesen.

Sooft ich ihn in solcher Stimmung sah, wurde ich unwillkürlich an die alte philosophische Idee von der zweiteiligen
Seele erinnert, und da belustigte mich denn der Gedanke,
daß ich einen doppelten Dupin vor mir hätte – einen schöp-
ferischen und einen auflösenden.

Aus dem eben Gesagten möge man nicht etwa schließen,
daß ich ein Geheimnis enthüllen oder einen Roman schrei-

ben wolle. Was ich von dem Franzosen gesagt, war bloß das Resultat eines aufgeregten, vielleicht auch kranken Geistes. Aber von dem Charakter seiner Bemerkungen in solchen Augenblicken, wie den eben geschilderten, wird sich der Leser wohl am besten einen Begriff machen, wenn ich ihm ein Beispiel vorführe.

Eines Abends schlenderten wir eine lange, schmutzige Straße unweit des Palais Royal entlang. Da wir beide anscheinend unseren Gedanken nachhingen, so war wohl fünfzehn Minuten lang keine Silbe zwischen uns gewechselt worden. Plötzlich brach Dupin in die Worte aus:

„Er ist ein gar kleiner Bursche, das ist nicht zu leugnen, und gewiß würde er für das Varieté-Theater mehr passen."

„Darüber kann kein Zweifeln sein", entgegnete ich unwillkürlich.

So sehr war ich in Gedanken vertieft gewesen, daß ich zuerst gar nicht wahrnahm, wie wunderbar der Sprechende meine Gedanken getroffen hatte. Erst nach einer Weile besann ich mich, und nun war mein Staunen natürlich über die Maßen groß.

„Dupin", sprach ich in ernstem Tone, „das geht über meinen Verstand. Ich gestehe Ihnen gern, daß mein Staunen an Schrecken grenzt und daß ich meinen Sinnen kaum zu glauben vermag. Wie in aller Welt konnten Sie wissen, daß ich an niemand anders dachte als an . . .?"

Hier hielt ich inne, um mich zu überzeugen, ob er wirklich wüßte, an wen ich gedacht hatte.

„Sie wollen sagen an Chantilly", sprach er, „warum halten Sie inne? Sie sagten sich eben, daß seine kleine Gestalt ihn zu einem tragischen Mimen ungeschickt mache."

Dies war nun genau das, was mich beschäftigt hatte. Chantilly war ein früherer Schuhflicker aus der Rue St. Dionysius, der, bühnentoll geworden, die Rolle des Xerxes in der gleichnamigen Crébillonschen Tragödie zu spielen versucht und für seine Mühe nur Hohn und Spott geerntet hatte.

„Sagen Sie mir doch, um Himmels willen", rief ich aus, „wie Sie es anfangen, so die tiefsten Tiefen meiner Seele zu ergründen. Sagen Sie mir, welcher Methode Sie sich dabei bedient haben, wenn von einer Methode wirklich die Rede sein kann!" Und in der Tat waren mein Staunen und mein Schrecken größer, als ich sagen mochte.

„So hören Sie", antwortete mein Freund. „Der Obst-händler war es, der Sie auf den Gedanken brachte, daß der Schuhflicker für einen Xerxes et id genus omne nicht groß genug sei."

„Der Obsthändler! – Sie setzen mich in Erstaunen – ich weiß von einem Obsthändler ganz und gar nichts."

„Ich meine den Mann, der Sie vor etwa einer Viertel-stunde anrempelte, als wir die Straße . . . betraten."

Nun fiel mir ein, daß wirklich ein Obsthändler, der einen ungeheueren Korb voll Äpfel auf dem Kopfe gehabt, mich zufällig um ein Haar auf den Boden geworfen hätte in dem Augenblick, wo wir von der Straße C . . . auf den kleinen, aber belebten Platz kamen, wo wir jetzt standen; was dies jedoch mit dem Schuhflicker Chantilly zu schaffen haben möchte, war mir schlechterdings unbegreiflich.

An Dupin war auch nicht eine Spur von Scharlatanerie; er sagte daher alsbald:

„Ich will Ihnen das erklären, und damit Ihnen alles recht klar wird, wollen wir zuerst den Gang Ihrer Gedanken verfolgen von dem Augenblick an, wo ich mit Ihnen gesprochen habe, bis zu dem, wo der bewußte Obsthändler an Sie anstieß. Die größeren Glieder der Kette heißen: Chantilly, Orion, Dr. Nichols, Epikur, Stereotomie, Pfla-sterstein, Obsthändler."

Es gibt auf dieser Welt nur wenige Personen, denen es nicht in irgendeiner Periode ihres Lebens Spaß macht, den

16

Stufengang zu verfolgen, auf dem sie zu gewissen Schlüssen gekommen sind. Es ist dieses Geschäft gar oft voller Interesse; auch ist der, der es vornimmt, anfänglich von der scheinbar unendlichen Entfernung und Inkohärenz zwischen dem Ausgangs- und dem Zielpunkt überrascht. Wie groß mußte also nicht mein Staunen, ja ich möchte fast sagen, mein Schrecken sein, als ich den Franzosen die Worte sprechen hörte, die seinem Munde eben entfallen waren und deren Wahrheit ich nicht umhin konnte vollkommen anzuerkennen. Dupin fuhr also fort:

„Wenn ich mich recht erinnere, so hatten wir gerade von Pferden gesprochen, ehe wir die Straße C . . . verließen. Dies war das letzte, worüber wir sprachen. Als wir diese Straße betraten, rannte ein Obsthändler, der einen gewaltigen Korb auf dem Kopf trug, an uns vorüber und schob Sie dabei auf einen Haufen Pflastersteine, womit dort das Pflaster ausgebessert werden soll. Sie aber traten auf einen dieser Steine, glitten aus, verrenkten sich leicht den Fußknöchel, schienen ärgerlich oder mürrisch, murmelten ein paar Worte, schauten den Steinhaufen an und gingen schweigend weiter. Ich nun habe zwar auf das, was Sie taten, nicht besonders achtgegeben; indessen ist es mir in neuester Zeit zu einer Art Notwendigkeit geworden, das, was um mich her geschieht, zu beobachten.

Sie hefteten die Augen auf den Boden und schauten trotzig die Löcher und Gleise im Pflaster an, woraus ich sah, daß Sie immer noch an die Steine dachten, bis wir die Rue Lamartine erreichten, die versuchsweise mit sogenannten überhängenden und mittels Mörtel aneinander gegossenen, das heißt miteinander verbundenen Steinblökken gepflastert worden ist. Hier heiterte sich Ihr Gesicht auf, und als ich Ihre Lippen sich bewegen sah, da konnte ich keinen Augenblick zweifeln, daß Sie das Wort ‚Stereotomie' murmelten – ein Ausdruck, der in recht affektierter

Weise auf diese Art, die Straßen zu pflastern, angewendet wird. Nun aber wußte ich auch, daß Sie das Wort ‚Stereotomie' nicht aussprechen konnten, ohne an Atome und so an die Theorie des Epikur zu denken; und da wir ferner vor noch nicht langer Zeit über solcherlei Dinge sprachen und ich bemerkte, wie sonderbar es doch wäre, daß man an den tiefsinnigen Griechen, dessen vage Vermutungen durch die neueste Nebelkosmogonie eine so glänzende Bestätigung erhalten hatten, so wenig dächte, so fühlte ich, daß Sie sich nicht würden enthalten können, die Augen auf den großen Nebel im Orion zu richten. Daß Sie dies tun würden, erwartete ich zuversichtlich. Und siehe da, was ich mir gedacht, traf wirklich ein: Sie schauten zum Himmel empor; und nun war ich fest überzeugt, daß ich Ihren Gedankengang ganz genau verfolgt hatte. In der bitteren Auslassung über Chantilly aber, die in dem gestrigen *Musée* erschien, spielte der Satiriker darauf an, welche Schmach es ist, daß der Schuhflicker in dem Augenblick, in dem er den Kothurn anschnallt, einen anderen Namen annimmt und zitierte einen lateinischen Vers, worüber wir miteinander sprachen. Ich meine den Vers: *Perdidit antiquum litera prima sonum.*

Ich hatte zu Ihnen gesagt, daß sich derselbe auf den Orion, einst Urion geschrieben, bezöge; und da ich mit dieser Erklärung einige beißende Bemerkungen verbunden hatte, so sah ich auch ein, daß Sie dieselbe nicht vergessen haben könnten. Es war mir also klar, daß Sie nicht verfehlen würden, die zwei Ideen Orion und Chantilly miteinander zu verbinden. Daß Sie sie verbanden, ersah ich aus dem eigentümlichen Lächeln, das einen Augenblick auf Ihren Lippen schwebte. Sie dachten an das grausame Schicksal des armen Schuhflickers. Bis jetzt war Ihre Haltung gebückt gewesen; nun aber sah ich Sie plötzlich sich kerzengerade aufrichten. Mithin war ich auch gewiß, daß Sie über Chantillys kleine Gestalt nachgedacht hatten. In diesem Augenblick unterbrach ich Ihre Betrachtungen mit der Bemerkung, daß er in der Tat ein recht kleines Kerlchen wäre – der Chantilly – sowie daß er an dem Varieté-Theater mehr an seinem Platze wäre."

Bald darauf bekamen wir eine Nummer der *Gazette des Tribunaux* – die Abendausgabe – in die Hand, und da zogen nachfolgende Stellen unsere Aufmerksamkeit auf sich:

Außerordentliche Morde

Heute morgen, gegen drei Uhr, wurden die Bewohner des St. Rochus-Viertels plötzlich durch ein gräßliches Geschrei aus dem Schlafe aufgeschreckt, das anscheinend aus dem vierten Stockwerk eines Hauses in der Rue Morgue kam, von dem man wußte, daß es einzig und allein von einer gewissen Madame L'Espanaye und ihrer Tochter, Mademoiselle Camille L'Espanaye, bewohnt war. Nachdem man eine Zeitlang vergebliche Versuche gemacht hatte, in der gewöhnlichen Weise in dieses Haus einzudringen, wurde die Tür mittels einer Brechstange aufgebrochen, worauf acht bis zehn Nachbarn in Begleitung zweier Landjäger hineingingen. Jetzt hatte das Geschrei aufgehört; während man über die erste Treppe hinaneilte, ließen sich deutlich zwei oder noch mehr grobe Stimmen hören, die, in zornigem Streite begriffen, von dem oberen Teil des Hauses herzukommen schienen. Als man aber den zweiten Treppenabsatz erreichte, war auch dieses Geräusch verstummt, so daß nun alles ganz still blieb. Die eingedrungenen Personen verteilten sich und eilten von einem Zimmer ins andere. Als man endlich in ein großes Hinterzimmer des vierten Stockes kam (die Tür, die man von innen mittels eines Schlüssels geschlossen fand, wurde aufgebrochen), gewahrte man ein Schauspiel, das sämtliche Anwesende mit Staunen, Entsetzen und Grauen erfüllte.

Es herrschte im Zimmer die gräßlichste Unordnung – überall lagen zerbrochene Möbel umher. Es war nur eine Bettstelle zu sehen, und diese war ihres Inhaltes vollständig entleert worden. Sämtliches Bettzeug lag mitten in der Stube. Auf einem Stuhl gewahrte man ein blutbesudeltes Rasiermesser. Im Kamin lagen zwei oder drei lange, dicke Locken von grauen Menschenhaaren; auch diese waren blutig und schienen mit den Wurzeln ausgerissen worden zu sein. Auf dem Boden fand man vier Napoleondor, einen Ohrring aus Topas, drei große silberne Löffel, drei kleine von algerischem Metall sowie zwei Geldsäcke, die zusammen an viertausend Francs in Gold enthielten. An einem in einer Ecke stehenden Schreibtisch waren die Schubladen aufgebrochen, und allem Anschein nach waren sie geplündert worden, obwohl immer noch vielerlei Gegenstände darin lagen. Unter dem Bett, nicht unter der Bettstatt, entdeckte man eine kleine eiserne Geldkasse. Sie war geöffnet worden, und noch steckte der Schlüssel. Außer einigen alten Briefen und anderen sonst unwichtigen Papieren war nichts darin.

Von Madame L'Espanaye war nichts zu sehen; als man aber auf dem Boden des Kamins eine ungewöhnlich große Masse Ruß liegen sah, suchte man im Schornstein nach, und – die Feder sträubt sich, solches zu berichten! – nun – wurde der Leichnam der Tochter daraus hervorgezogen. Das Sonderbare bei der Sache ist, daß der Kopf nach unten sah und trotz der schmalen Öffnung der Leichnam ziemlich weit oben im Schornstein stak. Der Körper war noch ganz warm. Bei genauerer Untersuchung wurden viele aufgeschürfte Stellen wahrgenommen, und ohne Zweifel waren diese durch die Heftigkeit, womit der Leichnam in den Schornstein hinaufgestoßen und wieder heruntergezogen worden war, verursacht worden. Im Gesicht waren eine Menge arger Risse wahrzunehmen, während am Hals schwarze Quetschwunden und tiefe Spuren von Fingernägeln zu sehen

waren – kurz, alles deutete darauf hin, daß die Verstorbene
auf die gräßlichste Weise erdrosselt worden war.

Nachdem jeder Winkel des Hauses gründlich durchforscht
war, jedoch ohne daß weiteres zu Tage kam, begaben sich
die Personen, welche ins Haus gedrungen waren, in einen
kleinen gepflasterten Hof hinter dem Hause, wo der Leich-
nam der alten Dame lag.

Der Hals der letzteren hing nur noch an der Haut, so daß
der Kopf sich vom Rumpf trennte, als man den Leichnam
aufzuheben versuchte. Der Rumpf sowohl als der Kopf
waren entsetzlich verstümmelt; was insbesondere den erste-
ren betrifft, so erinnerte er kaum noch entfernt an menschli-
che Formen.

Bis jetzt besitzt man, wie wir glauben, absolut keinen
Schlüssel zu diesem gräßlichen Geheimnis.

Tags darauf waren in dem gleichen Blatte nachstehende
weitere Einzelheiten zu lesen:

Das Drama der Rue Morgue
Es sind schon viele Personen in dieser höchst befremdlichen,
unbeschreiblich gräßlichen Sache verhört worden; nichtsde-
stoweniger bleibt sie, soviel wir wissen, immer noch in ein
undurchdringliches Dunkel gehüllt. Wir geben nachstehend
dem Wesen nach alles, was die verhörten Zeugen ausgesagt
haben.

Pauline Dubourg, Wäscherin, sagt aus, sie kenne beide
Verstorbene seit drei Jahren, da sie so lange für beide gewa-
schen habe. Die alte Dame schien mit ihrer Tochter auf
durchaus freundschaftlichem Fuße zu stehen, ja es schienen
die beiden einander sogar sehr zu lieben. Sie zahlten immer
regelmäßig. Kann über ihre Lebensweise ebensowenig als
über ihre Existenzmittel etwas sagen. Sie glaubt, Madame
L'Espanaye habe ihren Unterhalt mit Kartenlegen verdient.

Die Verstorbene galt für eine Person, die sich Geld erspart. Sie hat nie im Hause eine fremde Person gesehen, wenn sie die Wäsche geholt oder wiedergebracht hat. Sie weiß gewiß, daß die beiden Damen keinen Dienstboten hatten. Mit Ausnahme des vierten Stockes schien das Haus vollständig unmöbliert zu sein.

Peter Moreau, Tabakshändler, sagt aus, er habe seit fast vier Jahren an Madame L'Espanaye Rauch- und Schnupftabak in kleinen Quantitäten verkauft. Der Zeuge ist in der Nachbarschaft geboren und hat immer dort gewohnt. Die Verstorbene hatte mit ihrer Tochter seit länger als sechs Jahren das Haus bewohnt, worin die Leichname gefunden wurden. Früher war es von einem Juwelier bewohnt, der die oberen Zimmer an verschiedene Personen weitervermietet hatte. Das Haus gehörte Madame L'Espanaye. Da sie aber mit ihrem Mieter nicht zufrieden war, weil sie meinte, daß das Haus nicht genug geschont werde, zog sie selbst hinein, ohne Mietsleute einzunehmen. Die alte Dame war kindisch. Der Zeuge hat die Tochter in den sechs Jahren fünf- bis sechsmal gesehen. Beide Damen führten ein äußerst zurückgezogenes Leben, und ziemlich allgemein wurde von ihnen geglaubt, daß sie Geld in ihrem Hause hätten. Der Zeuge hat von Nachbarn gehört, daß Madame L. sich mit Kartenlegen abgebe, hat solches jedoch nicht geglaubt. Endlich hat der Zeuge außer der alten Dame und ihrer Tochter nie jemand in das Haus gehen sehen; nur ein paarmal erschien dort ein Kommissionär und vielleicht acht- bis zehnmal ein Arzt.

Noch viele andere Personen aus der Nachbarschaft sagten in etwa dasselbe aus. Von einer Person, die regelmäßig in das Haus gekommen wäre, wußte niemand etwas. Ob Madame L. und deren Tochter noch lebende Verwandte haben oder nicht, wußte niemand anzugeben. Nur selten wurden die Läden der auf die Straße hinausgehenden Fenster geöffnet, die der hinten hinausgehenden Fenster aber blieben stets geschlossen, mit alleiniger Ausnahme derer des großen Hinterzimmers im vierten Stock. Das Haus ist sehr gut gebaut und noch nicht sehr alt.

Isidor Muset, Gendarm, sagt aus, er sei gegen drei Uhr morgens in das Haus gerufen worden. Dort habe er etliche zwanzig oder dreißig Personen angetroffen, die einzudringen versucht hätten. Endlich brach der Zeuge die Tür mit einem Bajonett, nicht mit einer Brechstange auf. Fand solches nicht sehr schwer, da es eine Doppeltür war, die weder oben noch unten einen Riegel hatte. Das Schreien dauerte so lange fort, bis die Tür aufgebrochen war, worauf es plötzlich verstummte. Es schien von einer oder mehreren in Todesangst schwebenden Personen auszugehen, es war ein lautes, gezogenes, kein kurzes und schnelles Schreien. Der Zeuge ging zuerst die Treppe hinan. Als er den ersten Absatz erreichte, hörte er zwei Stimmen, die laut und zornig haderten – die eine rauh und barsch, die andere weit schriller: letztere eine gar seltsame Stimme. Der Zeuge konnte einige Worte der ersteren Stimme unterscheiden, die offenbar die eines geborenen Franzosen war. Daß es keine Frauenstimme gewesen sei, behauptet Zeuge entschieden. Zeuge hat die Worte „sacré" und „diable" deutlich gehört. Was die schrille Stimme betrifft, so war sie die eines Ausländers; ob es aber eine Männer- oder Frauenstimme gewesen sei, kann Zeuge nicht sagen. Ebensowenig kann der Zeuge sagen, was gesprochen wurde; nur glaubt er, daß es spanische Worte waren. Der Zeuge schildet sodann den Zustand des Zimmers und der Leichname genau in der Weise, in der wir selbst ihn gestern schilderten.

Heinrich Duval, ein Nachbar und seines Zeichens Silberarbeiter, sagt aus, daß er einer der ersten war, die ins Haus eindrangen. Er bestätigt Musets Aussagen in allen wesentlichen Punkten. Sobald man die Tür erbrochen hatte, schloß man sie auch wieder, um eine Menge Menschen abzuhalten, die sich trotz der ungewohnten Stunde im Nu angesammelt hatten. Was die schrille Stimme betrifft, so glaubt der Zeuge, es sei die eines Italieners gewesen, zuverlässig aber nicht die eines Franzosen. Er kann nicht behaupten, ob es wirklich eine Männerstimme war. Vielleicht war es auch eine Frauenstimme. Der Zeuge versteht nicht Italienisch und konnte die Worte nicht unterscheiden, glaubt aber fest, daß der Sprechende ein Italiener war. Der Zeuge schließt dies aus der Betonung. Er hat Madame L. und ihre Tochter gekannt und häufig mit ihnen gesprochen. Er kann aufs bestimmteste versichern, daß die schrille Stimme weder die der Mutter noch die der Tochter war.

Odenheimer, Speisewirt. Dieser Zeuge ist aus freien Stükken erschienen. Da er nicht Französisch spricht, mußte er durch die Vermittlung eines Dolmetschers verhört werden. Er ist geborener Amsterdamer. Er ging an dem Hause gerade in dem Augenblick vorbei, als das Schreien sich hören ließ. Es dauerte einige Minuten, vielleicht nicht weniger als zehn. Langes, lautes, jammervolles, entsetzliches Schreien. Der Zeuge war unter denen, die in das Haus eindrangen. Er bestätigt mit Ausnahme eines einzigen Punktes sämtliche früheren Aussagen. Er ist vollkommen überzeugt, daß die schrille Stimme die eines Mannes, und zwar eines Franzosen war. Er konnte die gesprochenen Worte nicht unterscheiden. Diese Worte waren laut, schnell, ungleich, anscheinend in Angst und zugleich im Zorn gesprochen. Die Stimme selbst war barsch – mehr rauh als schrill, der Zeuge kann die fragliche Stimme nicht schrill nennen. Die entschieden barsche und rauhe Stimme sprach zu wiederholten Malen die Worte „sacré" und „diable" und nur ein einziges Mal „mon Dieu!"

Julius Mignaud, Bankier, Firma Mignaud & Sohn, Rue Deloraine. Der Zeuge ist Mignaud der Ältere. Madame L'Espanaye hatte einiges Vermögen und stand seit dem

Frühling des Jahres 18.. (seit acht Jahren) mit seinem Hause in Kontokorrent. Madame L'Espanaye brachte oft Geld, jedoch immer nur kleinere Summen. Die Verstorbene hatte drei Tage vor ihrem Tode zum erstenmal bei ihm vorgesprochen, bei welchem Anlaß sie in eigener Person viertausend Francs holte. Diese Summe wurde in Gold ausbezahlt; ein Kommis mußte ihr das Geld tragen.

Adolph Le Bon, Kommis bei Mignaud & Sohn, gibt an, er habe an dem fraglichen Tage, etwa um zwölf Uhr, Madame L'Espanaye heimbegleitet. Er habe die viertausend Francs in zwei kleinen Säcken getragen. Mademoiselle L'Espanaye habe die Tür aufgemacht und ihm einen der beiden Säcke abgenommen, während er der alten Dame den anderen gab. Dann habe er sein Kompliment gemacht und sei weggegangen. Der Zeuge hat zu der Zeit niemand in der Straße gesehen. Die Straße sei eine Nebenstraße und gar wenig besucht.

William Bird, Schneider, sagt aus, daß er auch in der fraglichen Nacht mit den übrigen in das Haus eingedrungen sei. Der Zeuge ist ein Engländer. Er ist seit zwei Jahren in Paris. Er war einer der ersten, welche die Treppe hinaufgingen. Er hat die streitenden Stimmen gehört. Die barsche Stimme war offenbar die eines Franzosen. Er hörte deutlich mehrere Worte, kann sich nun aber nicht mehr aller entsinnen. Die Worte „sacré" und „mon Dieu!" waren ganz deutlich gesprochen. In demselben Augenblick hörte der Zeuge ein Geräusch, wie wenn mehrere Personen sich miteinander schlügen; auf dem Boden Füßescharren. Die schrille Stimme war sehr laut – lauter als die barsche. Der Zeuge ist überzeugt, daß es nicht die Stimme eines Engländers war. Eher war es die eines Deutschen, vielleicht war es eine Frauenstimme. Der Zeuge versteht kein Deutsch.

Vier der eben genannten Zeugen sagten, als sie abermals vorgerufen wurden, aus, es sei die Tür des Zimmers, in dem man den Leichnam von Mademoiselle L'Espanaye fand, von innen geschlossen gewesen, als man in den vierten Stock hinaufgekommen sei. Überall habe absolute Stille geherrscht; von einem Stöhnen oder einem Geräusch irgendwelcher Art sei nichts zu hören gewesen. Als man die Tür aufgesprengt hatte, habe man keine Seele gesehen. Die Fenster seien sowohl im Hinter- als im Vorderzimmer zu und innen stets geschlossen gewesen. Eine Tür, welche die beiden Zimmer miteinander verbindet, sei ebenfalls zu, jedoch weder durch einen Riegel noch vermittelst eines Schlüssels geschlossen gewesen. Die vom Vorderzimmer in den Gang hinausgehende Tür aber sei geschlossen gewesen, und zwar habe innen der Schlüssel gesteckt. Ein kleines Zimmer auf der Vorderseite des Hauses, ebenfalls im vierten Stock und oben am Gange, sei offen gewesen, da man die Tür nur angelehnt fand. Dieses Zimmer sei mit altem Bettzeug, Koffern, Kisten und dergleichen vollgestopft gewesen. Alle diese Dinge habe man weggeräumt und sorgfältig durchsucht. Im ganzen Haus sei auch nicht ein Zollbreit Raum, den man nicht sorgfältig durchsucht habe. In die Schornsteine sei man mit Besen hinauf- und dann wieder heruntergefahren. Das Haus sei vierstöckig und habe Dachstuben (Mansarden). Auf dem Dach befinde sich eine keine Falltür, die man aber stets zugenagelt gefunden habe; sie scheine seit Jahren nicht mehr geöffnet worden zu sein. Was dann die Zeit zwischen dem Augenblick, wo man die streitenden Stimmen hörte, und dem anderen, wo man die Zimmertür aufbrach, betrifft, so wurde sie von den Zeugen verschieden angegeben. Einige meinten, es habe höchstens drei Minuten gedauert, während andere behaupteten, es seien wenigstens fünf verflossen, bis man oben ankam. Nur mit Mühe sei die Tür zu öffnen gewesen.

Alfonso Garcio, Leichenbesorger, sagt aus, daß er in der Rue Morgue wohne. Der Zeuge ist ein geborener Spanier.

Er drang mit den übrigen in das Haus ein, ging aber nicht die Treppe mit hinauf. Er ist nervenschwach und fürchtete die Folgen der Aufregung. Er hörte aber die streitenden Stimmen. Die barsche war unzweifelhaft die eines Franzosen. Der Zeuge konnte nicht unterscheiden, was gesprochen wurde. Die schrille Stimme war die eines Engländers, der Zeuge ist dessen gewiß. Zwar versteht der Zeuge das Englische nicht, glaubt aber nicht, sich zu irren, wenn er nach der Betonung der Worte urteilt.

Alberto Montani, Konditor, sagt aus, er sei einer der ersten gewesen, welche die Treppen hinaufeilten. Er hat die fraglichen Stimmen gehört. Die barsche Stimme sei die eines Franzosen gewesen. Der Zeuge erklärt, mehrere Worte deutlich gehört und unterschieden zu haben. Der Sprechende habe, wie es ihm deuchte, Vorstellungen gemacht. Was die Worte der schrillen Stimme betrifft, so konnte der Zeuge sie nicht verstehen. Die letztere Stimme habe schnell und ungleich gesprochen. Der Zeuge meint, es sei die Stimme eines Russen gewesen, und bestätigt übrigens in allen wesentlichen Punkten die anderen Aussagen. Der Zeuge ist ein Italiener und hat seines Wissens nie mit einem geborenen Russen gesprochen.

Hier bestätigten mehrere Zeugen, die wieder vorgerufen wurden, daß die Schornsteine sämtlicher Zimmer des vierten Stockes zu schmal seien, als daß man annehmen dürfe, daß ein menschliches Wesen hätte durch sie hindurchdringen können. Unter „Besen" seien zylindrische Kehrbesen verstanden, wie man sie zum Reinigen der Schornsteine braucht. Mit solchen Besen sei man in sämtlichen Schornsteinen des Hauses auf- und abgefahren. Im hinteren Teil des Hauses sei kein Gang, durch den jemand sich hätte retten können, während die Zeugen die Treppen hinaufgeeilt seien. Was den Körper Mademoiselle L'Espanayes betreffe, so sei derselbe so fest in den Schornstein eingekeilt gewesen, daß man ihn nicht eher habe herunterbringen können, als bis vier oder fünf von den eingedrungenen Personen zugleich gezogen hätten.

Paul Dumas, Arzt, erklärt, er sei gegen Tagesanbruch gerufen worden, um eine Untersuchung vorzunehmen. In dem Augenblick, in dem er in das Zimmer trat, haben beide Leichname auf dem Strohsack der Bettstatt gelegen, und zwar in demselben Zimmer, in dem man Mademoiselle L'Espanaye gefunden hatte. An dem Körper der jungen Dame habe er eine Menge Quetschwunden und aufgeschürfte Stellen wahrgenommen. Es seien diese Erscheinungen auch leicht erklärlich, wenn man bedenke, mit welcher Gewalt sie die Kaminröhre hinaufgestoßen worden war. Am Halse insbesondere habe er viele wunde Stellen gefunden. Dicht unter dem Kinn seien mehrere tiefe Risse sowie eine Reihe schwarzblauer Flecke, die offenbar von einem heftigen Druck, und zwar mit den Fingern herrühren. Das Gesicht habe er gräßlich entfärbt und entstellt gefunden; die Augäpfel hätten weit hervorgestanden, die Zunge sei halb durchgebissen gewesen. Auf der Magengrube habe man eine große Quetschwunde entdeckt, die anscheinend vom Druck eines Knies herrührte. Herr Dumas meint, es sei Mademoiselle L'Espanaye von einer oder auch mehreren Personen, die bis jetzt unbekannt geblieben seien, zu Tode gewürgt worden. Was den Leichnam der Mutter betreffe, so sei er entsetzlich verstümmelt. Sämtliche Knochen des rechten Beines und des rechten Armes habe er mehr oder weniger zerschmettert oder verletzt gefunden. Das linke Schienbein habe viele Splitter gezeigt, wie auch sämtliche Rippen der linken Seite. Der ganze Körper zeige gräßliche Quetschwunden und allerlei Farben; es sei ein schauerlicher Anblick. Wie und womit diese Verletzungen herbeigeführt wurden, lasse sich unmöglich sagen. Ein schwerer und hölzerner Knüppel, eine breite Eisenstange, ein Stuhl, kurz irgendeine *große, schwere, stumpfe Waffe habe solche Resultate hervorbringen können, wenn sie von den Händen eines sehr starken Mannes gehandhabt worden sei. Eine Frau aber habe nicht der verletzende Teil sein können, welcherlei Waffen sie immer gehabt haben möchte. Der Kopf der Verstorbenen, als der Zeuge ihn zu Gesicht bekam, sei vom Körper völlig getrennt gewesen, und ferner habe dieser Kopf gleichfalls einen grauenhaften Anblick gewährt, da er an vielen Stellen zerschmettert war. Offenbar sei der Hals mit einem sehr scharfen Instrument, und zwar höchstwahrscheinlich mit einem Rasiermesser, abgeschnitten worden.*

Alexander Etienne, Chirurg, wurde mit Herrn Dumas zur Vornahme der Untersuchung ins Haus gerufen. Der Zeuge bestätigt in allen Punkten die Aussagen des Herrn Dumas.

Obwohl noch verschiedene andere Personen verhört wurden, so konnte doch nichts weiter erhoben werden, was für die Aufklärung dieses geheimnisvollen Vorgangs von Wert gewesen wäre. Noch nie wurde in Paris – wenn überhaupt ein Mord hier vorliegt – ein so geheimnisvolles und durch alle seine Einzelheiten so viel zu denken gebendes Verbrechen verübt. Die Polizei hat durchaus keine Spur – in solcherlei Dingen etwas Außerordentliches. Bis zur Stunde fehlt es ganz und gar an einem Schlüssel.

In der Abendausgabe der erwähnten Gerichtszeitung war zu lesen, daß in dem St. Rochus-Viertel immer noch die größte Aufregung herrsche; daß das Haus wiederholt und sorgfältigst durchsucht worden sei, jedoch vergebens. Ebenso hätten neue Zeugenverhöre zu keinem Resultat geführt. In einer Nachschrift war indessen bemerkt, daß Adolph Le Bon verhaftet und in Gewahrsam gebracht worden war, obgleich bis jetzt nichts Besonderes gegen ihn vorzuliegen scheine.

Mein Freund Dupin schien an dem Verlauf der Sache außerordentliches Interesse zu nehmen, so glaubte ich wenigstens – da er sich nicht näher ausließ – sein Benehmen deuten zu müssen. Erst nach der Verhaftung Le Bons fragte mich mein Freund, was ich von den beiden Mordtaten hielte.

Nun konnte ich mit ganz Paris nur sagen, daß sie mir als ein undurchdringliches Geheimnis erschienen. Ich setzte noch hinzu, daß ich durchaus kein Mittel sehe, dem oder den Mördern auf die Spur zu kommen.

„Was die Mittel betrifft", sprach Dupin, „so dürfen wir sie durchaus nicht nach einer so oberflächlichen Untersuchung beurteilen. Die Pariser Polizei, die wegen ihres Scharfsinns so sehr gepriesen wird, ist schlau, aber sonst nichts. Ihrem Verfahren liegt keine weitere Methode zugrunde, außer der, die der Augenblick an die Hand geben mag. Sie macht zwar mit ihren Maßregeln viel Gepränge, aber nicht selten sind diese dem zu errechnenden Endzweck so übel angepaßt, daß man an Monsieur Jourdain erinnert wird, der seine *robe de chambre* verlangt – *pour mieux entendre la musique*. Allerdings sind die Resultate, welche die Polizei damit erreicht, nicht selten überraschend; meistens jedoch werden sie durch bloßen Fleiß, durch bloße Tätigkeit herbeigeführt. Da, wo diese Eigenschaften nicht ausreichen, muß auch die Polizei mit langer Nase abziehen. Vidocq zum Beispiel war ein Mann von Ausdauer und pfiffig genug. Er erriet gar vieles; da er aber geistig nicht durchgebildet war, so machte er fortwährend Fehler, und zwar deshalb, weil seine Nachforschungen viel zu intensiv waren. Er verdarb sich die Augen, weil er die Dinge zu sehr in der Nähe betrachtete. Vielleicht, daß er etliche Punkte ungewöhnlich klar sah; damit aber verlor er notwendigerweise die Sache in ihrer Ganzheit aus den Augen. Man kann also auch zu gründlich sein. Nicht immer liegt die Wahrheit in einem Brunnen. Was mich persönlich betrifft, so bin ich geneigt zu glauben, daß sie, soweit alles wichtigere Wissen in Frage kommt, beständig an der Oberfläche liegt. Die Tiefe liegt in den Tälern, wo wir sie suchen, nicht aber auf den Berggipfeln, wo wir sie finden. Ich könnte, um Ihnen die Sache noch klarer zu machen, mich auf die beobachtende Astronomie berufen. Sieht man einen Stern nur kurz – von der Seite an, wendet man demselben die äußeren Teile der Netzhaut zu (die für schwache Lichteindrücke empfänglicher sind als die inneren), so bekommt man ihn deutlich zu Gesicht – so kann man seinen Glanz am besten beurteilen; denn es wird dieser Glanz um so trüber, je schärfer und länger wir auf den Stern schauen. Allerdings trifft in letzterem Fall eine größere Anzahl von Strahlen das menschliche Auge; im ersteren aber faßt man die Sache feiner, und, wenn ich mich so ausdrücken darf, geistiger auf. Dadurch, daß wir allzusehr in die Tiefe gehen, verwirren wir bloß unseren Geist und schwächen ihn ab; ja, es läßt sich selbst die strahlende Venus aus dem Firmament austilgen, wenn man sie zu anhaltend, zu scharf, zu direkt anschaut.

Was diese Mordtaten betrifft, so wollen wir erst die Sache näher untersuchen, bevor wir uns eine feste Meinung darüber bilden. Es wird uns ein solches Geschäft Spaß machen. (Ich dachte zwar, es sei dieser Ausdruck hier nichts weniger als glücklich gebraucht worden, enthielt mich aber aller Bemerkungen, und zudem hat Le Bon mir einmal einen Dienst geleistet, wofür ich ihm Dank weiß.) Wir wollen das Haus mit eigenen Augen untersuchen. Da ich Herrn G . . ., den Polizeipräfekten, zu kennen die Ehre habe, so wird es mir nicht schwer werden, die nötige Erlaubnis auszuwirken."

Es geschah, wie mein Freund gesagt, worauf wir uns ohne weiteren Verzug nach der Rue Morgue aufmachten.

Diese ist eines jener elenden Gäßchen, die zwischen der Rue Richelieu und der Rue St. Rochus liegen. Es war schon spät am Tag, als wir dort ankamen. Was das Haus selbst betrifft, so fanden wir es auf der Stelle; denn immer noch gafften eine Menge Menschen voll zweckloser Neugier von der entgegengesetzten Seite des Gäßchens zu den geschlossenen Fensterläden empor. Es war ein gewöhnliches Pariser Haus. Zum Hausgang war auf einer Seite ein Portierstübchen zu sehen, das an seinem Fenster eine Panele hatte, die hin und her geschoben werden konnte. Ehe wir aber in das Haus hineintraten, gingen wir die Rue Morgue hinauf und kamen dann ein Gäßchen herunter; sodann wandten wir uns wieder um und blieben hinter dem Haus stehen; Dupin aber beobachtete dabei sowohl das Haus, in dem die beiden Morde verübt worden waren, als auch die ganze Nachbarschaft mit einer Aufmerksamkeit, die mir als ziemlich unnütz erschien.

Endlich kamen wir wieder in der Rue Morgue vor dem Hause an. Wir läuteten und wurden, nachdem wir unseren Erlaubnisschein vorgezeigt hatten, von den im Hause aufgestellten Polizeiagenten eingelassen. Wir gingen die Treppe hinauf und in das Zimmer hinein, in dem man den Leichnam der Mademoiselle L'Espanaye gefunden hatte und die beiden Verstorbenen immer noch lagen. Im Zimmer selbst herrschte immer noch die gleiche Unordnung, und zwar hatte der Untersuchungsrichter es so gewollt. Ich selbst sah nicht mehr und nicht weniger, als was die *Gazette des Tribunaux* bereits gebracht hatte. Dupin prüfte alles haarscharf – selbst die Leichname der unglücklichen Opfer. Sodann traten wir in die übrigen Zimmer und endlich in den Hofraum, wobei uns beständig ein Gendarm begleitete. Wir waren mit unserer Besichtigung nicht vor Einbruch der Nacht fertig. Auf dem Heimweg aber trat mein Begleiter auf einige Augenblicke in ein Zeitungsbureau.

Ich habe bereits gesagt, daß die Grillen und Launen meines Freundes vielfacher Art gewesen seien, daß ich ihm in diesem Punkt manches nachgesehen habe. Und so lehnte er es denn ab, über die beiden Morde in irgendeiner Weise sich zu äußern. Erst am nächsten Tag gegen Mittag rückte er plötzlich mit der Frage heraus, ob ich auf dem Schauplatz des Verbrechens etwas Eigentümliches bemerkt hätte oder nicht.

Nun aber lag in der Art und Weise, wie er das Wort „eigentümlich" betont hatte, etwas, was mich unwillkürlich schaudern machte.

„Nein, ich habe nichts Eigentümliches entdecken können", antwortete ich, „auf jeden Fall habe ich nichts weiter gesehen, als was in der Gerichtszeitung gestanden hat."

„Ah! Die Gerichtszeitung ist, fürchte ich, auf das ungewöhnlich Grauenhafte der Sache nicht eingegangen", gab er zurück. „Kehren Sie sich übrigens nicht an die müßigen Meinungen dieses Blattes. Mir scheint es, daß dieses Geheimnis als schlechterdings unergründlich angesehen wird, und zwar aus demselben Grunde, der eine Aufhellung desselben als leicht erscheinen lassen sollte – ich meine das Übermäßige, das sich in allen Einzelheiten des Verbrechens ausspricht. Die Polizei weiß gar nicht, was sie zu der Sache sagen soll, da anscheinend alle Beweggründe fehlen, nicht zwar zum Mord selbst, wohl aber zu den Scheußlichkeiten, die man wahrgenommen hat. Ebensowenig kann sie sich die anscheinende Unmöglichkeit, die streitenden Stimmen mit den beiden Tatsachen zu vereinigen, daß man in der Stube niemand als die ermordete Mademoiselle L'Espanaye entdeckt sowie daß niemand hatte unbemerkt die Treppe herunterkommen können, erklären. Die im Zimmer herrschende furchtbare Unordnung; der mit nach unten liegendem Gesicht in den Schornstein hinaufgestoßene Körper; die gräßliche Verstümmelung des Körpers der alten Dame: Alle diese Umstände haben in Verbindung mit den eben erwähnten und noch anderen, die ich nicht zu erwähnen brauche, vollkommen hingereicht, um die Tatkraft der Polizei zu lähmen, da der vielgerühmte Scharfsinn der letzteren so ganz und gar keine Spur finden konnte. Es ist die Polizei in den großen, aber gewöhnlichen Irrtum verfallen, daß sie das Ungewöhnliche mit dem Unbegreiflichen zusammenwirft. Aber gerade diese Abweichungen von dem Plan des Gewöhnlichen zeigen der Vernunft, wie sie es anzugreifen hat, um der Wahrheit auf die Spur zu kommen. Bei solcherlei Untersuchungen sollte man nicht so sehr fragen: ‚Was ist geschehen?' als : ‚Was ist geschehen, das noch nie geschehen?' Und in der Tat steht die Leichtigkeit, womit ich dieses Geheimnis ergründen werde oder vielmehr schon ergründet habe, in direktem Verhältnis zu dessen scheinbarer Unergründlichkeit."

Mit stummem Staunen schaute ich meinen Freund an.

„Ich warte jetzt", fuhr er, auf unsre Zimmertür blickend, fort, „ich warte jetzt auf eine Person, die, obwohl sie vielleicht diese gräßlichen Metzeleien nicht verübt hat, doch einigermaßen dabei beteiligt sein muß. Wahrscheinlich ist sie an dem ärgsten Teil der beiden Verbrechen unschuldig. Hoffentlich irre ich hierin nicht; denn darauf baue ich meine Hoffnung, das ganze Rätsel lösen zu können. Wie gesagt, ich erwarte den Mann jeden Augenblick – und zwar hier – in diesem Zimmer. Möglich, daß er nicht kommt; indessen spricht die Wahrscheinlichkeit für sein Erscheinen. Kommt er aber, so müssen wir ihn ohne weiteres festhalten. Hier hängen Pistolen, und im Notfall wissen wir beide sie zu gebrauchen."

Ich nahm die beiden Pistolen von der Wand herunter, ohne recht zu wissen, was ich tat, und ohne zu glauben, was ich hörte; Dupin aber fuhr zu sprechen fort, als wäre niemand um ihn gewesen. Von seinem Verhalten in solchen Augenblicken habe ich bereits gesprochen. Seine Worte waren zwar an mich gerichtet, seine Stimme aber hatte, obwohl mitnichten laut, jene Intonation, deren man sich gewöhnlich bedient, so oft man mit jemandem spricht, der weit entfernt ist. Seine gedankenlos starrenden Augen waren einzig und allein auf die Zimmerwand geheftet.

„Die streitenden Stimmen, die man gehört hat", fuhr er fort, „waren nicht die der beiden Frauenzimmer, so viel ist durch die Zeugenaussagen vollkommen erhärtet. Dieser Umstand enthebt uns alles Zweifels bezüglich der Frage, ob nicht vielleicht die alte Dame selbst ihrer Tochter den Garaus gemacht hat, um dann sich selbst ums Leben zu bringen. Diesen Punkt berühre ich hauptsächlich deswegen, weil ich in allem methodisch zu verfahren liebe; denn Madame L'Espanayes Kraft hätte schlechterdings nicht hingereicht, um den Leichnam ihrer Tochter in der bekannten Weise in den Schornstein hinaufzustoßen; und was dann die Idee eines Selbstmords hier vollkommen ausschließt, das ist die Beschaffenheit der Wunden, womit ihr eigener Körper bedeckt ist. Es muß also ein drittes Wesen den Mord verübt haben; und eben die Stimme dieses dritten Wesens wurde in dem bekannten Wortstreite gehört. Vergönnen Sie mir nun, daß ich zu den Eigentümlichkeiten dieses Teils der Zeugenaussagen übergehe; das Ganze der Zeugenaussagen bezüglich der gehörten Stimmen wollen wir jedoch für den Augenblick nicht prüfen. Sagen Sie einmal, haben Sie daran etwas Eigentümliches bemerkt?"

Ich antwortete, daß sämtliche Zeugen, während sie die barsche Stimme für die eines Franzosen gehalten, bezüglich der schrillen oder, wie ein Zeuge sich ausdrückte, der barschen Stimme wenig miteinander harmonierten.

„Ja, so lauten die Zeugenaussagen", sprach Dupin, „aber es ist das nicht das Eigentümliche, das Charakteristische dieser Aussagen. Ich sehe schon, es ist Ihnen dieses Eigentümliche ganz und gar entgangen. Und dennoch liegt hier etwas Derartiges vor. Wie Sie selbst bemerken, so harmonierten sämtliche Zeugen bezüglich der barschen Stimme: In diesem Punkt herrscht völlige Einheit der Ansichten. Was aber die schrille Stimme betrifft, so liegt das Eigentümliche darin, daß jeder Zeuge, das heißt ein Italiener, ein Engländer, ein Spanier, ein Holländer und ein Franzose, sie für die Stimme eines Ausländers ausgeben. Sehen Sie, das ist das Eigentümliche, nicht aber das, daß sie nicht miteinander harmonieren. Jeder Zeuge ist überzeugt, daß er nicht die Stimme eines Landsmanns gehört hat. Jeder vergleicht sie mit der Stimme eines Individuums, dessen Sprache und Nationalität ihm fremd sind. So hält der Franzose dafür, es sei die Stimme eines Spaniers gewesen, und so fest ist er hiervon überzeugt, daß er hinzusetzt, er hätte wohl einige Worte deutlich verstanden, wenn ihm die spanische Sprache nicht ganz und gar fremd wäre. Der Holländer behauptet, es sei die Stimme eines Franzosen gewesen; gleich drauf aber lesen wir auch, daß dieser Zeuge, als des Französischen nicht mächtig, durch Vermittlung eines Dolmetschers verhört worden ist. Der Engländer hält die Stimme für die eines Deutschen, versteht selbst aber kein Deutsch. Der Spanier ‚weiß gewiß‘, daß es die Stimme eines Engländers gewesen sei; indessen urteilt er allein nur nach der Intonation, da er selbst nicht Englisch versteht. Der Italiener meint, es sei die Stimme eines Russen gewesen, hat aber nie mit einem geborenen Russen gesprochen. Ein zweiter Franzose harmoniert ferner nicht mit dem ersten und behauptet fest, es sei die Stimme eines Italieners gewesen; da er diese Sprache aber nicht versteht, so hat er gleich dem Spanier nach der Betonung geurteilt. Ich frage Sie nun, ob die bewußte Stimme nicht ganz und gar ungewöhnlich gewesen sein muß, da die

Ansichten der Zeugen so weit auseinandergehen konnten, da die Töne Menschen von den fünf großen europäischen Völkergruppen als durchaus fremd erschienen! Nun können Sie allerdings sagen, es sei vielleicht die Stimme eines Asiaten oder eines Afrikaners gewesen. Hierauf erwidere ich, daß es in Paris weder viele Asiaten noch viele Afrikaner gibt; indessen will ich jetzt, ohne Ihren Schluß anzufechten, Ihre Aufmerksamkeit bloß auf drei Punkte lenken. Von einem Zeugen wird die Stimme mehr für barsch als für schrill erklärt. Zwei andere sagen aus, sie sei schnell und ungleich gewesen. Kein Zeuge aber sagt aus, daß er Worte, daß er wortähnliche Laute unterschieden habe.

Ich weiß zwar nicht", fuhr Dupin fort, „welchen Eindruck ich bis jetzt auf Ihren Verstand gemacht haben mag; aber doch nehme ich keinen Anstand zu sagen, daß vollkommen berechtigte Schlüsse selbst aus diesem Teil der Zeugenaussagen – das heißt, aus dem die barsche und schrille Stimme betreffenden Teil – an und für sich genügen, um einen Verdacht zu wecken, der bei allen weiteren Forschungen maßgebend sein sollte. Ich habe ‚vollkommen berechtigte Schlüsse‘ gesagt, indessen ist damit nicht ganz ausgedrückt, was ich meine. Ich wollte zugleich sagen, daß die Schlüsse einzig und allein berechtigt wären und daß der Verdacht als einziges Resultat notwendig daraus hervorgehe. Welcher Art aber dieser Verdacht ist, sage ich jetzt noch nicht. Ich möchte Sie einstweilen bloß bitten, nicht zu vergessen, daß bei mir selbst dieser Verdacht so feststeht, daß alle meine Nachforschungen dadurch eine bestimmte Form erhalten.

Versetzen wir uns in Gedanken in die Stube, in der die Greueltat verübt wurde. Was müssen wir dort zuerst zu erforschen suchen? Wie die Mörder wieder hinausgekommen sind. Ich brauche wohl nicht erst zu sagen, daß Sie, so wenig als ich selbst, an widernatürliche Dinge glauben.

Madame und Mademoiselle L'Espanaye sind nicht durch Geister ums Leben gekommen. Die Täter waren materielle Wesen und entkamen in materieller Weise. Aber wie, das ist die Frage. Zum Glück brauchen wir nicht erst lange hin und her zu raten, so daß wir alsbald und unschwer zu einem bestimmten Schluß gelangen. Untersuchen wir der Reihe nach die Wege, auf denen es den Tätern möglich war zu entkommen. Nun liegt es auf der Hand, daß die Mörder in dem Zimmer, in dem Mademoiselle L'Espanaye gefunden wurde, oder doch in dem anstoßenden Zimmer gewesen sein müssen in dem Augenblick, in dem die Zeugen die Treppe hinaufeilten. Mithin haben wir nur noch zu untersuchen, wie es möglich gewesen ist, aus diesen beiden Zimmern zu entrinnen. Nun hat die Polizei Fußböden, Zimmerdecken und Wände in jeder Richtung aufreißen lassen. Wären geheime Ausgänge vorhanden, so hätte man die unzweifelhaft entdecken müssen. Da ich selbst aber den Augen der Polizei nicht so unbedingt traue, so gebrauche ich meine eigenen. Und da habe ich mich denn überzeugt, daß von geheimen Ausgängen hier keine Rede sein kann. Beide Türen führen zwar aus den Zimmern in den Gang hinaus, waren aber stets verschlossen, und zwar steckte in beiden Schlössern innen der Schlüssel. Wenden wir uns nun den Schornsteinen zu. Obgleich diese etwa acht bis zehn Fuß hoch über dem Boden die gewöhnliche Weite haben, so sind sie doch in ihrem übrigen Teil so schmal, daß kaum eine große Katze hindurch kann. Nachdem so die absolute Unmöglichkeit, auf den angegebenen Wegen aus den beiden Zimmern zu entweichen, hergestellt ist, sehen wir uns auf die Fenster beschränkt. Was die des Vorderzimmers betrifft, so hätte wohl niemand durch sie entwischen können, ohne von der auf der Straße stehenden Menge bemerkt zu werden. Mithin mußten die Mörder durch die Fenster des Hinterzimmers entkommen sein.

Nachdem wir nun in so zwingender Weise zu diesem Schluß geführt werden, dürfen wir ihn nicht ohne weiteres wieder verwerfen, weil uns scheinbare Unmöglichkeiten entgegenstehen. Es bleibt uns nur übrig, den Beweis zu liefern, daß diese scheinbaren Unmöglichkeiten in Wahrheit keine sind.

Wie Sie wissen, hat das Hinterzimmer zwei Fenster. Eines davon ist durch Möbel nicht verstellt und dabei vollkommen sichtbar. Den unteren Teil des anderen aber kann man nicht sehen wegen des Oberteils der plumpen Bettstatt, die dicht daran steht. Das erste Fenster wurde von innen sorgfältig verschlossen gefunden. Trotz aller Kraftanstrengungen konnten es diejenigen, die es aufzuschieben suchten, nicht aufbringen. Auf der linken Seite des Fensters war ein ziemlich großes Loch eingebohrt, und in diesem Loch steckte, fast bis an den Kopf, ein sehr starker Nagel. Und als man das zweite Fenster untersuchte, fand man in gleicher Weise einen solchen Nagel darin; auch hier versuchte man es vergebens, das Fenster in die Höhe zu schieben. Nun war die Polizei vollkommen überzeugt, daß der oder die Mörder in den angegebenen Richtungen nicht entwischt wären. Und darum hielt man es für etwas ganz Überflüssiges, die Nägel herauszuziehen, um die Fenster zu öffnen.

Meine eigene Untersuchung war etwas sorgfältiger und umständlicher, und zwar aus dem bereits angegebenen Grunde – weil ich wußte, daß alle scheinbaren Unmöglichkeiten sich bei genauer Beobachtung in Wahrheit nicht als solche erweisen würden.

Ich folgerte nun a posteriori weiter. Durch eines dieser Fenster sind die Mörder notwendig entkommen. Wenn aber dies der Fall war, so konnten sie innen unmöglich die Schiebfenster in der Weise wieder befestigt haben, wie diese gefunden wurden: ein Umstand, der, weil er so einleuchtend war, den weiteren Nachforschungen der Polizei in dieser Richtung ein Ende machte. Wenn nun aber die beiden Schiebfenster in der angegebenen Weise wieder zugemacht waren, so mußten sie sich selbst so schließen können. Dieser Schluß war unvermeidlich. Auf das Fenster zugehend, das unverstellt geblieben war, zog ich mit einiger Mühe den Nagel heraus, um das Fenster in die Höhe zu heben. Es waren, wie ich nicht anders erwartet hatte, alle meine Versuche vergebens. Nun war mir so viel klar, daß hier irgendeine geheime Feder sein müsse; und diese Bestätigung meiner Idee war mir eine Gewähr, daß wenigstens meine Prämissen nicht unrichtig waren, wie mysteriös auch immer noch die Geschichte mit den Nägeln erscheinen mochte. Bald genug fand ich die verborgene Feder. Ich drückte darauf, unterließ es aber, mit meiner Entdeckung zufrieden, das Fenster hinaufzuschieben.

Jetzt steckte ich den Nagel wieder hinein und betrachtete ihn aufmerksam. Gar wohl hätte eine durch dieses Fenster hindurch sich flüchtende Person dasselbe wieder schließen können, so daß die Feder wieder eingefallen wäre; der Nagel aber – der Nagel, der konnte nicht wieder hineingesteckt worden sein. Es lag dieser Schluß ganz nahe, und so sah ich denn das Feld meiner Nachforschungen wieder mehr eingeengt. Es mußten die Mörder durch das andere Fenster entflohen sein. Nahm man nun die Federn an jedem Fenster als gleich an, wie es wahrscheinlich der Fall war, so mußte sich zwischen den Nägeln oder doch zwischen der Art und Weise, wie dieselben befestigt waren, ein Unterschied finden lassen. Sofort stellte ich mich auf den Strohsack des Bettes und schaute über das Kopfbrett hinweg das zweite Fenster scharf an. Und sobald ich die Hand hinter das Kopfbrett hinabgeführt hatte, fand ich die gesuchte Feder, die, wie ich vermutet hatte, der anderen ihrem Wesen nach vollkommen ähnlich war. Nun schaute ich den Nagel an, und der war so stark wie der andere und ferner scheinbar ebenso befestigt, indem er fast bis zum Kopf darin steckte.

Sie werden nun sagen, daß ich hier offenbar mit meinem Witz zu Rande gekommen sei; sollten sie aber dies glauben, so müssen Sie das Wesen meiner Induktionsbeweise mißverstanden haben. Ich hatte, um mich eines Jagdausdrucks zu bedienen, die Spur nie verloren. Immer sah ich eine kleine Fährte vor mir. Jedes Glied der Kette war untadelhaft. Ich hatte das Geheimnis bis zu seinem Endresultat verfolgt – und dieses war nichts anderes als der Nagel.

Ich sage also, der Nagel sah in jeder Beziehung wie der des anderen Fensters aus; allein es galt dieses Faktum (so viel auch darin zu stecken schien) lediglich gar nichts, wenn man es mit dem Umstand verglich, daß hier, an dieser Stelle, die Fährte verlorenging. ‚Es muß mit dem Nagel nicht alles so ganz in Ordnung sein‘, sprach ich bei mir selbst. Ich faßte ihn an, und siehe da! Es blieb mir der Kopf des Nagels in der Hand und damit ein Viertelzoll vom Schaft. Der Rest des Schafts steckte in dem Loch, wo er abgebrochen war. Der Bruch war schon alt (denn es waren die Ränder mit Rost überzogen) und rührte dem Anschein nach von einem Hammerschlag her, der den Kopf des Nagels teilweise in das Fensterfutter hineingetrieben hatte. Nun brachte ich diesen Kopfteil wieder sorgfältig mit dem Rest des Schaftes zusammen, worauf ich einen vollkommenen Nagel hatte, so daß der Bruch verschwand. Ich drückte auf die Feder und hob das Fenster langsam einige Zoll in die Höhe; der Kopf des Nagels ging zugleich in die Höhe und blieb in seinem Loch festsitzen. Darauf machte ich das Fenster wieder zu, und so hatte ich denn wieder einen anscheinend ganzen Nagel.

So weit war denn also das Rätsel gelöst. Es war der

Mörder durch das Fenster zunächst dem Bette entflohen. Entweder war es, nachdem der Verbrecher einmal hinaus war, von selbst wieder heruntergefallen, oder aber es war absichtlich geschlossen worden; in dem einen wie dem anderen Fall aber hatte die Feder ihren Dienst getan; und weil diese geheime Feder wieder eingefallen war und anstatt des Nagels das Fenster festhielt, so hatte die Polizei es durchaus nicht für notwendig gehalten, weitere Nachforschungen anzustellen.

Die nächste Frage ist nun, wie der oder die Mörder hinuntergekommen waren. Was diesen Punkt betrifft, so war ich darüber mit mir vollkommen im reinen seit der Zeit, wo wir beide das Haus von außen gemustert hatten. Etwa sechseinhalb Fuß von dem fraglichen Fenster entfernt läuft ein Blitzableiter. Von diesem Blitzableiter aus nun würde es unmöglich gewesen sein, das Fenster selbst zu erreichen, noch unmöglicher aber, durch dasselbe ins Zimmer einzudringen. Gleichwohl nahm ich wahr, daß die Läden des vierten Stockwerks von jener eigentümlichen Art waren, welche bei Pariser Schreinern den Namen *ferrades* führen – eine Art Laden, die heutigen Tages nur selten zur Anwendung kommen, an sehr alten Häusern aber häufig noch zu Lyon und Bordeaux zu sehen sind. Ihre Form ist die einer gewöhnlichen einfachen Tür, nur daß die untere Hälfte gitterartig ist, um leichter erfaßt und gehandhabt werden zu können. Im vorliegenden Fall sind die Läden volle viereinhalb Fuß breit. Als wir sie von unten betrachteten, waren beide zur Hälfte geöffnet – das heißt, sie bildeten mit der Hauswand einen rechten Winkel. Wahrscheinlich musterte die Polizei gleich mir die Rückseite des Hauses; tat sie dies aber, so sah sie diese *ferrades* in der Linie ihrer Breite, und so konnte es denn nicht fehlen, daß sie diese bedeutende Breite selbst nicht gewahrte oder jedenfalls nicht gehörig beachtete. In der

Tat, da die Polizei einmal die Überzeugung gewonnen hatte, daß man auf diesem Wege nicht habe entkommen können, so mußte sie sich hier natürlich mit einer höchst oberflächlichen Untersuchung begnügen. Mir indessen war es klar, daß der zu dem Fenster am Kopfbrett des Bettes gehörige Laden, wenn ganz an die Wand zurückgeworfen, nur noch zwei Fuß vom Blitzableiter entfernt sein mußte. Ebenso klar war mir ferner, daß eine ungewöhnlich behende und mutige Person vom Blitzableiter aus durch das Fenster in das Zimmer gedrungen sein konnte, und zwar in folgender Weise. Streckte ein Dieb (wir nehmen nun an, es sei der Laden ganz offen gewesen) dreieinhalb Fuß weit die Hand in den Raum hinaus, so konnte er leicht das Gitterwerk fest erfassen. Dann konnte er, den Blitzableiter fahren lassend, den Fuß fest gegen die Wand stemmend und, sich einen kühnen Schwung gebend, den Laden dermaßen in Bewegung setzen, daß dieser sich schloß, und denken wir uns das Fenster gleichzeitig offen, so konnte er sich sogar in das Zimmer hineingeschwungen haben.

Ich bitte Sie, ganz besonders den Umstand im Auge zu behalten, daß ich gesagt habe, ein so schwieriges und waghalsiges Stück Arbeit erfordere einen durchaus ungewöhnlichen Grad von Behendigkeit. Zuerst will ich Ihnen darlegen, daß so etwas überhaupt ausgeführt werden konnte; zweitens und hauptsächlich aber möchte ich, daß Sie sich den ganz außerordentlichen, den fast übernatürlichen Charakter der Behendigkeit vergegenwärtigen, wobei ein solches Stückchen möglich war.

Ohne Zweifel werden Sie, die juristische Sprache zu Hilfe nehmend, mir nun sagen, ich müsse, wenn es mir gelingen soll, meine Sache fest zu begründen, die bei einem solchen Stückchen erforderliche Behendigkeit eher unter- als überschätzen. So mag es in juristischen Dingen allerdings gehalten werden; aber seien Sie versichert, daß solches Verfahren keineswegs rationell ist. Was ich suche, ist einzig und allein die Wahrheit, nichts als die Wahrheit. Zunächst will ich es bei Ihnen so weit bringen, daß Sie jene höchst ungewöhnliche Behendigkeit, von welcher ich eben gesprochen habe, mit der so eigentümlichen schrillen (oder barschen) und ungleichen Stimme zusammenhalten, über deren Nationalität sich auch nicht zwei Personen zu einigen vermochten und deren Aussprache schlechterdings keine Silben unterscheiden ließ."

Bei diesen Worten zuckte mir ein unbestimmter und halb fertiger Gedanke durch den Kopf: Ich glaubte zu ahnen, was Dupin sagen wollte. Es deuchte mir, ich sei im Begriff, das Rätsel zu lösen, das ich doch immer noch nicht recht begriff, nicht unähnlich jenen Menschen, die zuweilen sich auf dem Punkte sehen, wo eine Sache, deren sie sich zu erinnern suchen, ihnen wieder einfallen zu müssen scheint, ohne daß sie jedoch sich am Ende derselben erinnern können. Mein Freund aber fuhr folgendermaßen fort:

„Sie sehen, wie ich dazu gekommen bin, die Frage allmählich ganz anders zu stellen: Ich frage mich nicht mehr, wie der Mörder hinaus-, sondern wie er hereingekommen ist. Ich wollte Ihnen begreiflich machen, wie derselbe an dem gleichen Punkte herein- und hinauskommen konnte. Wenden wir uns nun wieder dem Zimmer zu, und sehen wir, wie es dort aussieht. Es sollen die Schubladen des Schreibtisches geplündert worden sein, obgleich noch mancherlei Putzgegenstände darin geblieben sind. Hier komme ich nun zu einem recht absurden Schluß: Ich rate bloß – vielleicht recht albern – ein weiteres tue ich nicht. Wie können wir wissen, ob außer den Gegenständen, die man in der Schublade gefunden hat, ursprünglich dort noch andere lagen? Madame L'Espanaye lebte mit ihrer Tochter äußerst zurückgezogen; sie empfing keine Besuche, ging nur selten aus, brauchte also nicht viel Kleider und sonstige

Schmuckgegenstände. Diejenigen, die man vorfand, waren wenigstens von so guter Beschaffenheit, als sie bei den beiden Damen zu erwarten waren. Nahm ein Dieb einige davon, warum nahm er dann nicht die besten – warum nahm er dann nicht alle? Warum nahm er dann vor allem nicht viertausend Francs in Gold, anstatt sich mit Leinwand und dergleichen zu beschweren? Das Gold aber war verschmäht worden. Fast die ganze vom Bankier Mignaud angegebene Summe fand man in Säcken auf dem Boden liegen. Ich möchte also, daß Sie die alberne Idee eines Beweggrundes aufgeben – eine Idee, die im Kopf der Polizei dadurch entstand, daß in einem Teil der Zeugenaussagen von Geld die Rede ist, das an der Tür abgegeben wurde. Zehn- und hundertmal merkwürdigere Umstände treffen in jeder Stunde unseres Lebens zusammen, ohne daß dieselben auch nur einen Augenblick unsere Aufmerksamkeit in Anspruch nehmen. Im vorliegenden Fall ist innerhalb von drei Tagen nach Ablieferung des Geldes ein Mord an den Empfängerinnen verübt worden. Im allgemeinen stößt sich an einem solchen Zusammentreffen von Umständen jene Klasse von Denkern, die von der Wahrscheinlichkeitsrechnung nichts wissen, jener Theorie, der die glorreichsten Errungenschaften des Menschen ihre glanzvolle Beleuchtung verdanken. Wäre im vorliegenden Fall das Gold verschwunden gewesen, so würde das Faktum, daß es drei Tage zuvor abgeliefert worden war, etwas weiteres als ein zufälliges Zusammentreffen von Umständen gewesen sein. Es würde die Idee eines Beweggrundes bestätigt haben. So wie die Sachen aber liegen, müssen wir, wenn wir im Gold einen Beweggrund erblicken wollen, notwendig auch annehmen, es sei der Mörder so blödsinnig und in seinen Entschlüssen so schwankend, daß er Gold und Beweggrund plötzlich wieder vergessen habe.

Wenn Sie nun die Punkte, worauf ich Ihre Aufmerksamkeit gerichtet habe, das heißt, die eigentümliche Stimme, die außergewöhnliche Behendigkeit sowie endlich die auffallende Zwecklosigkeit der so gräßlichen Tat fest im Auge behalten, können wir einen Blick auf die Metzelei selbst werfen. Hier sehen wir eine Frau erdrosselt und, das Gesicht nach unten, in einen Schornstein hinaufgestoßen. Gewöhnliche Mörder aber verfahren nicht derartig. Am allerwenigsten verbergen sie so ihre Opfer. In der Art und Weise, wie der Leichnam in den Schornstein hinaufgestoßen wurde, liegt, wie Sie mir zugeben werden, etwas Übermäßiges, etwas, was mit unseren gewöhnlichen Begriffen vom menschlichen Tun und Lassen, selbst wenn wir die Missetäter für noch so entsittlicht halten, sich schlechterdings nicht vereinigen läßt. Bedenken Sie ferner, wie groß die Kraft gewesen sein muß, die einen Leichnam in eine schmale Öffnung mit solcher Gewalt hinaufstoßen konnte; daß die vereinte Kraft mehrerer Personen kaum ausreichte, um ihn wieder herunterzuzerren!

Wenden wir uns nun anderen Anzeichen zu, die dafür sprechen, daß eine wirklich wunderbare Kraft hier mit im Spiel gewesen ist. Im Kamin, das heißt auf dem Boden desselben, lagen dicke Locken – sehr dicke Locken von grauen Menschenhaaren. Diese waren mit den Wurzeln ausgerissen worden. Es leuchtet ein, daß eine ungewöhnlich kräftige Hand dazu gehörte, um in solcher Weise auch nur zwanzig bis dreißig Haare auf einmal auszuraufen. Sie haben die fraglichen Locken ebensogut gesehen wie ich selbst. An ihren Wurzeln (ein scheußlicher Anblick!) hingen Stücke blutigen Fleisches – ein sicherer Beweis für die kolossale Kraft, die angewendet wurde, um auf einmal vielleicht Hunderte von Haaren auszureißen. Was den Hals der alten Dame betrifft, so zeigte er nicht bloß einen Schnitt oder Schnitte, sondern es war der Kopf absolut vom Rumpf getrennt. Das Instrument war ein bloßes Rasier-

46

messer. Ferner möchte ich, daß Sie die gräßliche Roheit, von der diese Taten zeigen, ins Auge fassen. Von den Quetschwunden an Madame L'Espanayes Körper spreche ich gar nicht. Herr Dumas und dessen würdiger Gehilfe, Herr Etienne, haben erklärt, daß sie von einem stumpfen Instrument herrühren; auch haben die beiden Herren in diesem Punkt ganz recht. Das stumpfe Instrument war offenbar das steinerne Pflaster im Hofraum, worauf das Opfer gefallen war, nachdem man es aus dem Fenster bei der Bettstatt hinausgeworfen hatte. Auf diese Idee kam die Polizei nicht, und zwar aus demselben Grunde, aus dem ihr die Breite der Fensterläden entging – das heißt, es war der löblichen Polizei durch die bewußten Fensternägel der Kopf dermaßen vernagelt, daß sie sich auch nicht einen Augenblick träumen ließ, daß die Fenster denn doch vielleicht geöffnet wurden.

Haben Sie zu alledem noch über die im Zimmer herrschende wunderliche Unordnung gehörig nachgedacht, so werden Sie sich einer erstaunlichen Behendigkeit, einer übermenschlichen Stärke, einer beispiellosen Roheit, einer zwecklosen Metzelei, einer in ihrer Grauenhaftigkeit den Menschen schlechterdings fremden Ungeheuerlichkeit sowie endlich einer Stimme gegenübersehen, die für jeden der Hörer im Ton etwas Fremdes hatte und jeder deutlichen oder verständigen Silbenbildung bar war. Zu welchem Resultat sind Sie nun durch alles dieses gekommen? Welchen Eindruck habe ich dadurch auf Ihre Phantasie gemacht?"

In dem Augenblick, wo Dupin diese Fragen an mich richtete, fühlte ich, daß ich am ganzen Leibe eine Gänsehaut bekam.

„Ein Wahnsinniger", sprach ich, „hat alles dies getan – ein Tobsüchtiger, der aus irgendeiner Privatkrankenanstalt entsprungen ist."

„In gewisser Beziehung mögen Sie nicht ganz unrecht haben", antwortete mein Freund. „Indessen gebe ich Ihnen zu bedenken, daß die Stimme eines Wahnsinnigen, selbst wenn dieser einen seiner stärksten Anfälle hat, nie und nimmermehr jener eigentümlichen Stimme gleicht, die auf der Treppe gehört worden ist. Ein Wahnsinniger gehört irgendeiner Nation an, und wie unzusammenhängend auch ihre Sprache in den Worten sein mag, so begegnen wir doch immer noch einer ordentlichen Silbenbildung. Und dann ist auch das Haar eines Wahnsinnigen nicht wie das, welches ich hier in der Hand habe. Sehen Sie, diesen kleinen Busch habe ich aus den starren Fingern der Madame L'Espanaye. Sagen Sie mir, wofür Sie diese halten."

„Dupin", sprach ich fast ganz kraftlos, „dieses Haar ist kaum – ja, ist schwerlich Menschenhaar."

„Habe ich denn auch gesagt, daß es Menschenhaare seien?" gab cr zurück. „Indessen wäre es mir lieb, wenn Sie sich, bevor wir über diesen Punkt entscheiden, die kleine Skizze ein bißchen anschauten, die Sie hier auf diesem Papier sehen. Sie ist von mir und soll eine Nachbildung eines Teils der abgegebenen Aussagen sein; d. h. sie soll die schwarzen Quetschwunden, die tiefen Fingernägelspuren am Hals von Mademoiselle L'Espanaye und die schwarzblauen Flecken, die, nach der Behauptung der Herren Dumas und Etienne, von einem heftigen Fingerdruck herrühren, vorstellen.

Es wird Ihnen nicht entgehen", fuhr mein Freund, das Papier auf dem Tisch vor mir ausbreitend, fort, „daß diese Zeichnung die Idee beharrlichen Festhaltens erweckt. Ein Abgleiten ist hier nirgends ersichtlich. Jeder Finger ist – vielleicht bis zum Tode des Opfers – an dem Ort eingekrallt geblieben, wo er sich anfänglich eingrub. Und nun versuchen Sie, mit allen Ihren Fingern zu gleicher Zeit die schwarzen Stellen zu bedecken, die Sie hier sehen."

Ich versuchte es, jedoch vergebens.

„Vielleicht daß wir diese Sache nicht recht angreifen", hob er wieder an. „Es liegt das Papier auf einer ebenen Fläche ausgebreitet, während doch ein Menschenhals zylinderförmig ist. Sehen Sie, hier ist ein rundes Holzstück, dessen Umfang etwa der eines Menschenhalses ist. Legen Sie nun die Zeichnung um das Stück Holz herum, und versuchen Sie es noch einmal."

Ich tat, wie er verlangt, aber nun lag die Schwierigkeit noch mehr zutage als zuvor.

„Diese Spuren", sagte ich, „können unmöglich von einer Menschenhand herrühren."

„Endlich habe ich Sie an dem Punkt, an dem ich Sie haben wollte", antwortete Dupin. „Und nun lesen Sie bei Cuvier nachstehende Stelle. Sie enthält eine genaue anatomische und anderweitige Beschreibung des großen, braunroten Orang-Utans, der auf den ostindischen Inseln gefunden wird. Jedermann kennt zur Genüge die riesige Größe, die wunderbare Stärke und Behendigkeit, die Wildheit und den Nachahmungstrieb dieser Säugetiere."

Und nun begriff ich auf einmal die grauenhaften Einzelheiten der beiden Morde vollkommen.

„Die Beschreibung der Finger", sprach ich, als ich mit dem Lesen fertig war, „stimmt genau mit dieser Zeichnung überein. Nun sehe ich vollkommen ein, daß nur ein Orang-Utan oder Pongo von der hier erwähnten Art solche Spuren zurücklassen konnte, wie die von Ihnen verzeichneten sind. Auch dieser Busch von lohfarbenen Haaren paßt vollkommen zu der Beschreibung, die Cuvier von dem Tier gibt. Nichtsdestoweniger vermag ich immer noch nicht die Einzelheiten dieses grauenhaften Geheimnisses zu begreifen. Auch wurden ja zwei streitende Stimmen gehört, und unzweifelhaft war eine derselben die Stimme eines Franzosen."

„Ganz richtig; auch werden Sie sich eines Ausdrucks erinnern, der von den Zeugen fast einstimmig dieser Stimme zugeschrieben wird – des Ausdrucks ‚Mon Dieu!‘ Einer der Zeugen, Konditor Montani, hat mit Recht gesagt, es habe im Tone dieser Worte ein Verweis, eine Vorstellung gelegen. Auf diese beiden Worte nun habe ich hauptsächlich die Hoffnung gebaut, daß ich dieses Rätsel vollständig werde lösen können. Ein Franzose wußte um den Mord. Möglich, daß er an den blutigen Greueln, deren Schauplatz die bewußte Stube geworden ist, durchaus keinen Anteil genommen hat, daß er also auch vollkommen unschuldig ist. Ja, es ist das mehr als wahrscheinlich. Vielleicht ist der Orang-Utan ihm entkommen. Vielleicht hat er diesen bis in das bewußte Zimmer verfolgt; so viel aber steht für mich fest, daß er ihn unter den bewußten Umständen, die des Aufregenden so viel boten, nicht wieder einfangen konnte. Der Orang-Utan läuft immer noch frei herum. Diese Vermutungen aber will ich jetzt nicht weiter ausspinnen, denn ich habe durchaus kein Recht, dieselben für etwas anderes auszugeben, da meine Beweise auf so schwachen Füßen stehen, daß ich selbst sie fast kaum als halbwegs genügend ansehen kann und ich mir also nicht anmaßen darf, sie anderen als vollgültig hinzustellen. Wir wollen sie also einfach Vermutungen nennen und als solche behandeln. Ist der fragliche Franzose, wie ich denke, an den beiden Greueltaten wirklich unschuldig, so wird diese Anzeige, die ich gestern abend auf unserem Heimweg in der Expedition des Blattes *Le Monde* abgegeben habe – das Blatt vertritt die Interessen der Schiffahrt und wird von Seeleuten viel gelesen – ihn in unser Haus führen.“

Mit diesen Worten überreichte er mir eine Zeitung, und ich las:

Eingefangener Affe
Im Boulogner Wäldchen ist am . . . dieses Monats, früh-
morgens, ein sehr großer, lohfarbener Orang-Utan oder
Pongo von der Borneoart eingefangen worden. Der recht-
mäßige Eigentümer, wie man weiß, so ist derselbe ein auf
einem maltesischen Schiff dienender Matrose, kann das Tier
wiederhaben, wenn er sich gehörig auszuweisen vermag und
die entstandenen Kosten, die übrigens unbedeutend sind, zu
zahlen gewillt ist. Näheres in Nr. . . ., Rue Faubourg St.
Germain, im dritten Stock.

„Aber wie konnten Sie um Himmels willen wissen, daß der
Eigentümer ein Matrose ist und auf einem maltesischen
Schiff dient?" fragte ich.

„Gewiß weiß ich es allerdings nicht", erwiderte Dupin.
„Ich sage es Ihnen unverhohlen. Indessen sehen Sie hier
ein kleines Stück Band, das, nach der Form und dem
schmierigen Aussehen zu urteilen, offenbar dazu gedient
hat, das Haar des Betreffenden zu einem jener langen
Zöpfe zu vereinigen, die man bei Matrosen so häufig findet. Ferner gebe ich Ihnen zu bedenken, daß dieser Knoten
wohl von niemand anderem als einem Seemann herrühren
kann und daß solche Knoten besonders häufig auf maltesischen Schiffen wahrgenommen werden. Das Band fand ich
unten am Blitzableiter. Einer der beiden ermordeten Personen kann es unmöglich gehören. Wenn ich mich nun am
Ende auch in diesem Schluß irre und der Eigentümer des
Orang-Utans kein Franzose und kein auf einem maltesischen Schiff dienender Matrose ist, so kann es doch niemandem etwas schaden, daß ich gesagt oder ausgesprochen
habe, was in dieser Zeitungsanzeige gesagt ist. Irre ich
mich, so wird er bloß denken, daß ich mich habe durch
diesen oder jenen Umstand verleiten lassen, den er sich

nicht die Mühe nehmen wird näher zu erforschen. Irre ich mich aber nicht, so ist viel gewonnen. Da der Franzose um die beiden Mordtaten weiß, obwohl er keine Schuld daran hat, so wird er natürlich Anstand nehmen, nach seinem Orang-Utan zu fragen. Er wird also bei sich denken: Ich bin unschuldig, bin arm; mein Orang-Utan hat großen Wert für einen Mann in meiner Lage – warum sollte ich ihn um eitler Befürchtungen willen verlieren? Da ist er, ich kann ihn jeden Augenblick wiederhaben. Man hat ihn im Boulogner Wäldchen gefunden, also weit vom Schauplatz der gräßlichen Metzelei. Ist es denkbar, daß man je ein unvernünftiges Tier für den Täter halten wird? Die Polizei hat keine Spur – hat auch nicht die Idee einer Spur. Wenn es ihr aber auch gelänge, dem Tier auf die Spur zu kommen, so würde man mir immer noch keine Mitwissenschaft nachweisen und mich wegen solcher Mitwissenschaft in Anklagestand versetzen können. Vor allem aber kennt man mich. Die Person, welche die Anzeige hat einrücken lassen, bezeichnet mich als den Eigentümer des Tieres. Wie viel sie noch weiß, läßt sich nicht sagen. Sollte ich es unterlassen, ein so wertvolles Stück Eigentum zu reklamieren, von dem man weiß, daß es mir gehört, so werde ich auf jeden Fall das Tier in Verdacht bringen. Nun aber muß ich darauf bedacht sein, daß die öffentliche Aufmerksamkeit weder auf mich noch auf das Tier gelenkt sind. Ich will mich auf die Anzeige melden und meinen Orang-Utan so lange einsperren, bis man nicht mehr von der Sache spricht."

Hier hörte man Tritte die Treppe heraufkommen.

„Halten Sie Ihre Pistolen bereit", sagte Dupin, „lassen Sie sie aber nicht sehen, und machen Sie keinen Gebrauch davon, so lange ich Ihnen kein Zeichen gebe."

Da die Haustür offen geblieben war, hatte der Besuchende nicht nötig gehabt zu läuten. Schon hatte derselbe einige Stufen der Treppe hinter sich. Auf einmal aber schien er sich wieder anders besonnen zu haben. Nach einer kleinen Weile hörten wir ihn wieder hinuntergehen.

Schon eilte Dupin auf die Tür zu, da hörten wir ihn abermals heraufkommen. Diesmal kehrte er nicht mehr um, sondern trat entschlossen an unsere Zimmertür heran.

Es klopfte.

„Herein!" rief Dupin herzhaft und zugleich ermunternd.

Es trat ein Mann herein, und zwar allem Anschein nach ein Seemann. Groß, stark muskulös, zeigte er in seinen Mienen etwas Herausforderndes, was nicht nur nicht zurückstoßend, sondern im Gegenteil bis zu einem gewissen Grade einnehmend war. Sein von der Sonne gewaltig verbranntes Gesicht war durch einen riesigen Backen- und Schnurrbart mehr als zur Hälfte verborgen. In der Hand hatte er einen kolossalen Knüppel von Eichenholz; sonst aber schien er keine Waffen bei sich zu führen.

Dieser Mann nun wünschte uns mit einer ziemlich linkischen Verbeugung „einen guten Abend", und zwar in einem Dialekt, der, obwohl etwas neufchatellisch klingend, den Pariser doch ziemlich deutlich verriet.

„Setzen Sie sich, mein Freund!" sagte Dupin. „Vermutlich wollen Sie sich nach einem verlorenen Orang-Utan melden. Meiner Treu! Fast beneide ich Sie um den Besitz des schönen Tieres. Ja, ja, es ist ein wunderschönes und ohne Zweifel höchst wertvolles Tier. Für wie alt halten Sie Ihren Affen?"

Der Seemann holte tief Atem mit der Miene eines Mannes, dem eine unerträgliche Last abgenommen worden ist, und antwortete dann in zuversichtlichem Ton:

„Kann es Ihnen wahrlich nicht sagen; indessen kann er nicht über vier bis fünf Jahre alt sein. Haben Sie ihn hier?"

„O nein; wir haben hier keinen passenden Raum für ihn. Er befindet sich in diesem Augenblick in einem Mietstall in der Rue Dubourg, ganz in der Nähe. Sie können ihn jeden Augenblick haben. Natürlich können Sie sich aber auch als der rechtmäßige Eigentümer des Tieres ausweisen?"

„Gewiß kann ich das."

„Ich gestehe Ihnen aufrichtig, daß ich mich nur ungern von dem Tier trenne", sprach Dupin.

„Ich will nicht haben, daß Sie für alle Ihre Mühe unbelohnt bleiben", entgegnete der Matrose. „Kann Ihnen solches nicht zumuten und bin jeden Augenblick bereit, für die Einfangung des Tieres eine angemessene Belohnung zu geben."

„Gut", antwortete mein Freund, „es freut mich, Sie so willig zu finden. Nun, was soll ich gleich verlangen? Lassen Sie mich einmal sehen: Wären Sie geneigt, mir für meine Mühewaltung über die Morde der Rue Morgue alle Aufschlüsse zu geben, die Sie irgend geben können?"

Dupin hatte die letzten Worte ganz leise und ruhig gesprochen. Ebenso ruhig schritt er nun auch auf die Tür zu, drehte den Schlüssel um und steckte ihn in die Tasche. Darauf zog er eine Pistole unter seiner Weste hervor und legte sie mit der größten Ruhe von der Welt auf den Tisch.

In diesem Augenblick war das Gesicht des Matrosen so purpurrot geworden, als stände er im Begriff zu ersticken. Seinen Knüppel mit kräftiger Faust erfassend, sprang er auf; alsbald aber sank er auf seinen Stuhl zurück. Er zitterte heftig, und Totenblässe hatte sein Gesicht überzogen. Er sprach auch nicht eine Silbe. Ich konnte nicht umhin, ihn von ganzer Seele zu bemitleiden.

„Mein Freund", sprach Dupin in freundlicher Weise, „Ihre Angst ist durchaus unnötig – ja, das ist sie. Wir wollen Ihnen kein Leid zufügen. Ich gebe Ihnen mein Ehrenwort, ich gebe Ihnen mein Wort als Franzose, daß es uns nicht einfällt, Sie in Schaden und Ungelegenheit zu bringen. Es ist mir gar wohl bekannt, daß Sie an den

Greueltaten der Rue Morgue durchaus unschuldig sind. Indessen können Sie nicht ableugnen, daß Sie einigermaßen in die Sache verwickelt sind. Ich wiederhole Ihnen aber nochmals, daß der Gedanke, Sie ins Unglück zu stürzen, uns durchaus fremd ist. So hören Sie denn! Aus meinen bisherigen Worten müssen Sie ersehen, daß ich Wege und Mittel hatte, über die fragliche Sache mich zu orientieren – Mittel, von denen Sie nie etwas gewußt haben können. Die Sache steht nun so: Sie haben nichts getan, was Sie hätten unterlassen können – auf jeden Fall nichts, woraus gegen Sie eine Schuld abgeleitet werden könnte. Sie haben sich nicht einmal eines Diebstahls schuldig gemacht, während Sie doch ungehindert hätten stehlen können. Sie haben nichts zu verheimlichen – haben ganz und gar keinen Grund, etwas zu verheimlichen. Andererseits macht Ihnen die Ehre eine Pflicht daraus, alles zu gestehen, was Sie wissen. Es sitzt jetzt ein Unschuldiger belastet mit dem bewußten Verbrechen, während Sie den wahren Täter bezeichnen können."

Während Dupin diese Worte sprach, hatte der Matrose zwar seine Geistesgegenwart größtenteils wiedererlangt, seine anfängliche Keckheit aber war ganz und gar verschwunden.

„So will ich Ihnen denn, so wahr mir Gott helfe, alles mitteilen, was ich von der Sache weiß", sagte er nach kurzer Pause – „indessen mache ich mir keine Rechnung, daß Sie auch nur die Hälfte von dem, was ich sage, glauben werden, da ich mir selbst als ein Narr erscheinen würde, wenn ich es glaubte. Und doch bin ich unschuldig. Nichtsdestoweniger mag ich die Sache nicht länger auf dem Gewissen haben, und sollte es mir das Leben kosten."

Was der Matrose nun sprach, lautete etwa folgendermaßen: Er war in der jüngsten Zeit im Indischen Archipel gewesen. Mit einem Teil seiner Schiffsmannschaft war er auf Borneo gelandet, um einen Ausflug in das Innere des Landes zu machen. Dort hatte er mit einem seiner Kameraden den Orang-Utan gefangen. Durch den Tod seines Kameraden war das Tier sein alleiniges Eigentum geworden. Nach vielerlei Mühen und Unannehmlichkeiten, die das Tier ihm auf der Heimfahrt wegen seiner unbezähmbaren Wildheit verursachte, gelang es ihm endlich, es in seiner Wohnung in Paris unterzubringen, wo er, um die unangenehme Neugier seiner Nachbarn nicht rege zu machen, es sorgfältig eingesperrt hielt, bis es von einer Fußwunde geheilt war, die ihm an Bord des Schiffes ein eingedrungener Splitter verursacht hatte. Dann sollte es verkauft werden.

Als er an dem Abend, oder, richtiger gesprochen, an dem Morgen heimkam, an dem die beiden Morde verübt wurden (er war in einer lustigen Matrosengesellschaft gewesen), fand er zu seiner großen Überraschung das Tier in seinem Schlafzimmer, in das es aus dem anstoßenden Kabinett, wo es angebunden gewesen war, eingedrungen war. Mit einem Rasiermesser in der Hand und eingeseift saß der Affe vor dem Spiegel, um die Operation des Rasierens an sich vorzunehmen (ohne Zweifel hatte er früher einmal seinen Herrn dasselbe tun sehen). Bei diesem Anblick erschrak der Matrose, wohl wissend, wie gefährlich diese Waffe in den Händen eines so wilden und zugleich so geschickten Tieres werden konnte. Und so groß war sein Schrecken, daß er einige Augenblicke gar nicht wußte, was er tun sollte. Indessen war er gewohnt gewesen, die Bestie, wenn sie allzu wild und unartig wurde, mit seiner Peitsche zu traktieren – ein Mittel, wozu er nun griff. Sobald aber der Orang-Utan dies sah, sprang er zur Zimmertür hinaus, die Treppe hinunter, von wo er durch ein unglücklicherweise offenstehendes Fenster hindurch die Straße erreichte.

In seiner Verzweiflung verfolgte der Franzose das Tier; der Affe aber blieb, mit dem Rasiermesser immer noch in der Hand, von Zeit zu Zeit stehen, um sich nach seinem Verfolger umzuschauen und ihm allerlei Grimassen zu schneiden. Sooft dann aber der Matrose dem spitzbübischen Affen nachgekommen war, machte sich dieser wieder auf und davon. So dauerte die Jagd ziemlich lange. In den Straßen herrschte die tiefste Stille, da es fast drei Uhr war. Indem nun so der Affe ein hinter der Rue Morgue liegendes Gäßchen hinablief, wurde er auf Licht aufmerksam, das durch das offene Fenster der Madame L'Espanaye im vierten Stock ihres Hauses schimmerte. Auf das Gebäude zueilend, wurde das Tier den Blitzableiter gewahr. Diesen kletterte es mit unbegreiflicher Geschwindigkeit hinauf, worauf es den an die Wand angelehnten Fensterladen erfaßte und vermittels desselben sich ohne weiteres auf das Kopfbrett des Bettes schwang. Zu alledem war keine ganze Minute erforderlich gewesen. Der Fensterladen aber wurde von dem Orang-Utan in dem Augenblick, wo er in das Zimmer eindrang, wieder zurückgestoßen.

Unterdessen war der Matrose teils hocherfreut, teils verlegen. Einerseits durfte er sich der gerechten Hoffnung hingeben, daß es ihm gelingen würde, die Bestie nun wieder einzufangen, da diese wohl nur wieder längs des Blitzableiters würde entkommen können, wo es dann leicht wäre, ihr den Weg abzuschneiden. Andererseits hatte er alle Ursache, besorgt zu sein, da er nicht wußte, welches Unheil sein Affe in dem Haus anrichten konnte. So kam es denn, daß er sich entschloß, die flüchtige Bestie noch weiter zu verfolgen.

Einen Blitzableiter hinanzusteigen hat wirklich keine Schwierigkeit, insbesondere aber dann nicht, wenn der Steigende ein Matrose ist. Indessen stieß der Eigentümer des Orang-Utans, als er in der Höhe des zu seiner Linken liegenden Fensters angekommen war, auf eine ungeahnte Schwierigkeit, die sein weiteres Vordringen unmöglich machte; denn nur mit Mühe brachte er es so weit, daß er in das Innere des Zimmers einige Blicke werfen konnte. Aber welches Schauspiel bot sich da seinem Auge dar! Um ein Haar hätte er in seinem Grauen sich hinunterstürzen lassen. Und nun hallte jenes gräßliche Geschrei in die Nacht hinein, das die Bewohner der Rue Morgue aus ihrem Schlaf aufgeschreckt hatte. Allem Anschein nach waren Madame L'Espanaye und ihre Tochter im Negligé damit beschäftigt gewesen, einige in dem schon erwähnten eisernen Kistchen liegende Papiere zu ordnen. Zu diesem Zweck war letzteres mitten in die Stube gestellt worden. Es stand offen, und daneben auf dem Boden lag sein Inhalt. Die unglücklichen Opfer mußten dem Fenster den Rücken zugekehrt haben; auch macht die Zeit, die zwischen dem Eindringen des Tieres und dem Geschrei verstrich, es höchst wahrscheinlich, daß es nicht alsbald bemerkt worden war. Das Zuschlagen und Zurückfliegen des Fensterladens konnte füglich dem Wind zugeschrieben werden.

In dem Augenblick, in dem der Matrose in die Stube hineinschaute, hatte das riesige Tier Madame L'Espanaye bei den Haaren gepackt (die gelöst waren, da die alte Dame sie gekämmt hatte) und schwang das Rasiermesser um ihr Gesicht her, so daß man hätte glauben können, es stehe ein wirklicher Barbier da. Was die Tochter betrifft, so lag sie regungslos auf dem Boden: Sie war ohnmächtig geworden. Das Schreien und der Widerstand der alten Dame, währenddessen ihr die Haare ausgerissen wurden, hatten die Wirkung, daß die wahrscheinlich friedlichen Absichten des Orang-Utans sich in Zorn verwandelten. Mit einem einzigen Schwung seines muskulösen Körpers trennte der Affe nahezu den Kopf von dem Rumpf der

Dame. Sobald aber die Bestie Blut fließen sah, wurde ihr Zorn zur Wut entflammt. Zähnefletschend und mit feuersprühenden Augen warf sich der Affe auf den Körper des Mädchens, grub seine gräßlichen Nägel in den Hals und hielt die Unglückliche so lange fest, bis der letzte Lebensfunke in ihr erloschen war. Jetzt fielen die unsteten, wilden Blicke der Bestie auf das Oberteil der Bettstatt, über dem das vor Grauen erstarrte Gesicht ihres Herrn eben sichtbar geworden war. Alsbald verkehrte sich die Wut des Tieres, das sich ohne Zweifel immer noch der gefürchteten Peitsche erinnerte, in feige Furcht. Wohl wissend, daß es eine Strafe verdiente, schien es die Spuren seiner blutigen Taten verwischen zu wollen, und voller Angst hüpfte es in der Stube umher, wobei es verschiedene Möbel umwarf und zerbrach und unter anderem auch die Bettstatt bis auf den Strohsack ihres Inhalts entleerte. Endlich packte es den Leichnam der Tochter und stieß ihn, so wie man ihn später fand, in den Schornstein hinauf; dann ging es an den der alten Dame, den es flugs zum Fenster hinauswarf.

In dem Augenblick, in dem der Affe mit seinem verstümmelten Opfer an das Fenster herankam, wich der Matrose voller Entsetzen zurück und ließ sich pfeilschnell den Blitzableiter hinabgleiten, um sofort nach Hause zu eilen, da er die Folgen der gräßlichen Metzelei fürchtete und in seinem Schrecken gern den Orang-Utan im Stich ließ. Die Worte nun, welche die die Treppe hinaufeilenden Personen gehört hatten, waren dem Matrosen in seinem Entsetzen entfahren, und dazwischen hatten sich die dämonischen Laute der Bestie hören lassen.

Ich bin nun so ziemlich zu Ende und habe nur noch zu sagen, daß der Orang-Utan in oder kurz vor dem Augenblick, wo die Tür erbrochen wurde, aus der Stube entflohen und am Blitzableiter hinabgeglitten sein muß. Bei seiner Flucht durch das Fenster ging dieses entweder von selbst zu, oder aber wurde es von dem Tier geschlossen. Letzteres wurde später von dem Eigentümer selbst eingefangen, der es um eine schöne Summe an den Jardin des Plantes verkaufte. Was Le Bon betrifft, so wurde er auf der Stelle wieder freigelassen, als wir auf dem Bureau der Polizeipräfektur den ganzen Verlauf der Sache erzählten. So viel Wohlwollen nun auch der Polizeipräfekt für meinen Freund empfand, der sich die Mühe nicht verdrießen ließ, durch seine Erklärungen die Sache außer Zweifel zu stellen, so konnte er doch seinen Ärger nicht verbergen, daß das blutige Drama so ausging, und es zeigte sich dies deutlich durch einige sarkastische Bemerkungen, die er fallenließ – Bemerkungen, die den Leuten galten, die vor fremden Türen, statt vor ihrer eigenen zu kehren pflegten.

„Lassen Sie ihn reden", sprach Dupin, der es nicht der Mühe wert erachtet hatte, dem Herrn Polizeipräfekten auf seine Bemerkungen zu antworten. „Lassen Sie ihn schwatzen, es wird sein Gewissen sich dadurch ein bißchen erleichtert fühlen. Was mich betrifft, so genügt es mir, ihn in seiner eigenen Burg geschlagen zu haben. Gleichwohl ist es keineswegs so wunderbar, als er meint, daß er dieses Geheimnis nicht aufzuhellen vermochte, denn unser Freund, der Präfekt, ist in Wahrheit etwas zu schlau, um wirklich gescheit sein zu können. Seine Weisheit hat keinen Boden. Sie ist nur Kopf und hat, gleich den Abbildungen, die man uns von der Göttin Laverna gibt, keinen Rumpf; höchstens ist sie nur Kopf und Schulter wie ein Kabeljau. Alles in allem genommen, ist er aber doch ein guter Kerl. Vor allem gefällt er mir wegen der Virtuosität, womit er das, was ist, zu leugnen, und das, was nicht ist, zu erklären versteht, eine Virtuosität, um derentwillen er in den Geruch der Scharfsinnigkeit gekommen ist."

Marie Rogêts geheimnisvolles Ende

Als ich etwa vor einem Jahre in einem Artikel, ‚Doppel-
mord in der Rue Morgue' betitelt, einige höchst merkwür-
dige geistige Züge meines Freundes, des Chevalier C.
August Dupin, zu schildern suchte, da ließ ich mir nicht
einfallen, daß ich auf diesen Gegenstand je wieder würde
zurückkommen müssen. Damals war es meine Absicht,
eine Charakterschilderung zu geben, und diese Absicht
wurde völlig erreicht, indem ich für Dupins Idiosynkrasie
so viele Belege geben konnte, die wahrhaft originell und
romantisch waren. Es wäre mir ein leichtes gewesen, solcher Belege noch mehrere zu geben, gewiß aber hätte ich
nicht mehr beweisen können. Ereignisse aus jüngster Zeit
haben mich gleichwohl durch ihre höchst überraschende
Entwicklung bestimmt, einige weitere Einzelheiten zu liefern – Einzelheiten, die fast wie ein abgezwungenes
Geständnis aussehen werden. Nachdem ich einmal gehört
hatte, was in jüngster Zeit gesprochen wurde, wäre es
wahrlich recht sonderbar von mir, wenn ich über das, was
ich schon vor so langer Zeit gehört und gesehen habe, ein
hartnäckiges Stillschweigen beobachten wollte.

In vorstehender Erzählung ist der Verfasser, indem er
angeblich das tragische Ende einer Pariser Grisette berich-
tet, in allen Einzelheiten den wesentlichen Tatsachen eines
Mordes gefolgt, der in der Nähe von New York vorkam,
eine gewaltige, lange andauernde Aufregung zur Folge
hatte und dessen geheimnisvolle Umstände zu der Zeit, als
Vorliegendes geschrieben und gedruckt wurde – November
1842 –, noch unaufgeklärt geblieben war.

‚Marie Rogêts geheimnisvolles Ende' wurde fern vom

Schauplatz der Greueltat geschrieben, auch standen dem Verfasser dabei weiter keine Hilfsmittel zu Gebote als die, welche die Zeitungen ihm an die Hand gaben. So mußte denn dem Verfasser gar vieles entgehen, was ihm unzweifelhaft von Nutzen gewesen wäre, wenn er persönlich Einsicht nehmen und weitere Nachforschungen hätte anstellen können. Es dürfte gleichwohl nicht unangemessen sein, hier beizufügen, daß die Geständnisse, die zwei Personen (die in der Erzählung vorkommende Madame Deluc ist eine davon) zu verschiedenen Zeiten, lange nach Veröffentlichung dieser Schrift, ablegten, nicht allein den allgemeinen Schluß, sondern schlechterdings alle hypothetischen Einzelheiten von einigem Belang, vermittels deren der Verfasser zu diesem Schluß gelangte, vollkommen bestätigten.

Nachdem die Tragödie in der Rue Morgue beendet war, dachte der Chevalier nicht weiter daran, sondern verfiel wieder in seine trüben und schwermütigen Träumereien. Da ich selbst jederzeit meinen Gedanken Audienz gab, so kam mir seine Stimmung gar nicht unerwünscht, und so schlugen wir denn in unserer Wohnung im Faubourg Saint Germain die Zukunft in den Wind, schlummerten ruhig in der Gegenwart und umspannen die träge Alltagswelt, die uns umgab, mit Träumen.

Indessen blieben diese Träume nicht ganz ungestört. Es wird der Leser sich wohl selbst sagen, daß die Rolle, die mein Freund, der Chevalier, in dem Drama in der Rue Morgue gespielt hatte, auf die Phantasie der Pariser Polizei ihren Eindruck nicht verfehlt hatte. Die Emissäre dieses großartigen Instituts schwören nie höher als bei Dupins Namen. Und da der so einfache Charakter der Induktionen, wodurch es ihm gelungen war, das Geheimnis aufzuhellen, weder dem Polizeipräfekten noch irgendeinem anderen Menschen als mir auseinandergesetzt worden war, so darf es natürlich nicht als auffallend erscheinen, daß die ganze Sache fast wie etwas Wunderbares angesehen wurde und das Analysierungstalent des Chevaliers ihn in den Ruf brachte, die Gabe der Intuition zu besitzen. Nun würde zwar sein von Natur offenes Wesen ihn veranlaßt haben, solche Vorurteile zu zerstören; andererseits aber verbot ihm seine Indolenz, über ein Thema, das schon längst aufgehört hatte, ihn selbst zu interessieren, auch nur noch ein Wort zu verlieren. So geschah es, daß er für die polizeilichen Augen eine Art Polarstern wurde; und nicht klein war die Anzahl der Fälle, bei denen die Polizeipräfektur sich seiner guten Dienste zu versichern suchte. Einer der merkwürdigsten Fälle aber war der an einem jungen Mädchen namens Marie Rogêt begangene Mord.

Es ereignete sich dieser Mord etwa zwei Jahre nach den Greueltaten der Rue Morgue. Wie der Leser sich noch erinnern wird, so waren in letzterem Fall eine Madame L'Espanaye und ihre Tochter das Opfer einer in den Annalen des Verbrechens bis dahin unbekannten Grausamkeit geworden. Im vorliegenden Fall haben wir es mit der einzigen Tochter der Witwe Estelle Rogêt zu tun.

Marie hatte ihren Vater schon in den ersten Jahren ihrer Kindheit verloren, und von seinem Tod an bis etwa anderthalb Jahre vor dem Mord, den wir hier berichten, hatten Mutter und Tochter in der Rue Pavée Saint André zusammen gewohnt. Von Marie unterstützt, hatte Madame Rogêt hier ein Speisehaus errichtet. Dies dauerte so lange, bis die seltene Schönheit des zweiundzwanzigjährigen Mädchens einem Parfumeur auffiel, der einen der zu ebener Erde gelegenen Kaufläden im Palais Royal innehatte und hauptsächlich die in der Nähe wohnenden oder sich herumtreibenden verzweifelten Abenteurer zu Kunden hatte. Monsieur Leblanc war keineswegs blind gegen die Vorteile, die seinem Parfümerieladen aus der steten Anwesenheit der schönen Marie erwachsen konnten, während letztere selbst die ihr gemachten ziemlich glänzenden Anträge gern annahm, wenn auch ihre Mutter anfänglich eine Unschlüssigkeit zeigte.

Die Erwartungen des Parfumeurs gingen voll in Erfüllung, und von dem Tag an, da die muntere Grisette sein Lokal durch ihre Reize zierte, wurde es in der ganzen Stadt berühmt.

Es mochte Marie etwa ein Jahr bei Leblanc gewesen sein, als ihre Anbeter durch ihr plötzliches Verschwinden in Bestürzung gerieten; der Parfumeur selbst konnte sich Maries Abwesenheit schlechterdings nicht erklären, und was Madame Rogêt betrifft, so geriet sie vor Angst und Schrecken fast außer sich.

Alsbald nahm die Zeitungspresse die Sache auf, und schon wollte die Polizei ihre Leute ins Feld rücken lassen, als, nach Verlauf von einer Woche, Marie eines schönen Morgens wieder hinter dem Zahltisch des Parfümerieladens saß. Sie war bei bester Gesundheit, nur daß in ihren Mienen etwas Trauriges lag, was man bis dahin nicht hatte wahrnehmen können. Natürlich wurden auf der Stelle alle Nachforschungen eingestellt, die keinen rein privaten Charakter hatten. Monsieur Leblanc schützte, wie schon früher, gänzliche Unwissenheit vor. Marie selbst sowie ihre Mutter beantworteten alle Fragen dahin, daß sie die letzte Woche in dem Haus eines auf dem Lande wohnenden Verwandten zugebracht hatte. So wurde die Sache allmählich vergessen; das Mädchen selbst aber verließ, angeblich um sich der unverschämten Neugier des Publikums zu entziehen, bald darauf den Parfumeur für immer und wohnte nun wieder in der Rue Pavée Saint André mit ihrer Mutter zusammen.

Es mochten seit dieser Rückkehr ins mütterliche Haus fünf Monate verstrichen sein, als Maries Freunde durch ihr abermaliges plötzliches Verschwinden in Aufregung und Unruhe versetzt wurden. Es verflossen drei volle Tage, ohne daß man etwas von ihr hörte. Am vierten wurde ihr Leichnam in der Seine gefunden, unweit eines Ufers, das in einer dem Quartier der Saint André ganz entgegengesetzten Richtung liegt und in nicht allzugroßer Entfernung von der einsamen Gegend der Barrière du Roule.

Der gräßliche Charakter dieses Mordes, denn es stellte sich alsbald heraus, daß ein Mord begangen worden war, das jugendliche Alter und die Schönheit des Opfers, vor allem aber die frühere Berühmtheit des Mädchens verfehlten nicht, die feinfühlenden Pariser in die gewaltigste Aufregung zu versetzen. Ich wenigstens kann mich keines ähnlichen Vorfalls entsinnen, der so allgemeines und so großes Aufsehen erregt hätte. Mehrere Wochen hindurch wurde nur noch dieses Thema besprochen, sogar mit Ausschluß der wichtigen politischen Tagesfragen. Der Polizeipräfekt bot ganz ungewöhnliche Anstrengungen auf, und natürlich war die ganze Pariser Polizei auf den Beinen. Als der Leichnam aufgefunden wurde, glaubte man nicht, daß es dem Mörder gelingen würde, über eine ganz kurze Zeit hinaus den Nachforschungen zu entgehen, die alsbald angestellt wurden. Erst als eine Woche verstrichen war, wurde es für zweckmäßig erachtet, eine Belohnung auszusetzen; und es wurde selbst diese auf tausend Francs beschränkt.

Unterdes nahmen die Nachforschungen mit vieler Energie, wenn auch nicht immer mit vielem Verstand, ihren Fortgang. Es wurden eine Menge Individuen verhört, aber vergebens. Und je länger es an einem Schlüssel zu dem gräßlichen Mysterium fehlte, um so mehr nahm die Aufregung im Publikum zu. Endlich, am Ende des zehnten Tages, wurde es für ratsam erachtet, die anfänglich versprochene Summe auf das Doppelte zu erhöhen.

Als nichtsdestoweniger auch die zweite Woche verstrich, ohne zu irgendeiner Entdeckung zu führen, und es in Paris, wo man gegen die Polizei stets mächtige Vorurteile gehabt hat, zu verschiedenen, ziemlich bedrohlichen Volksaufständen kam, nahm es der Polizeipräfekt auf sich, demjenigen, welcher „Tatsachen" beibrächte, welche zur Überführung des Mörders führten, eine Belohnung von zwanzigtausend Francs zu versprechen. Für den Fall, daß mehrere Individuen bei dem Mord beteiligt waren, sollte „die Überführung irgendeines von den Mördern" genügen. Zugleich war in dem Aufruf, worin der Präfekt diese Belohnung versprach, demjenigen Mitschuldigen, der gegen seinen oder seine Kumpane mit Beweisen aufträte, volle Verzeihung verheißen, während ein Ausschuß von Bürgern der Stadt in einem dem amtlichen Aufruf beigefügten Plakat neben der von der Polizeipräfektur versprochenen Summe noch eine weitere Belohnung von zehntausend Francs in Aussicht stellte. So waren nicht weniger als dreißigtausend Francs zu verdienen – eine Summe, die ungewöhnlich hoch erscheinen muß, wenn wir die bescheidene Lebensstellung des Mädchens und das häufige Vorkommen solcher Freveltaten in großen Städten in Anschlag bringen.

Nun zweifelte kein Mensch länger, daß das Geheimnis, in welches dieser Mord gehüllt war, sich alsbald aufhellen würde. Aber obgleich einige Verhaftungen vorgenommen wurden, die zu den erwünschten Aufschlüssen führen zu müssen schienen, so wollte doch nichts herauskommen, was die Personen, die man im Verdacht hatte, hätte belasten können; es mußten daher die Verhafteten wieder in Freiheit gesetzt werden.

Nun mag es sonderbar genug erscheinen, wenn ich sage, daß seit der Auffindung des Körpers in der Seine volle drei Wochen verstrichen waren – und zwar so verstrichen, daß auf die ganze Sache auch nicht ein Fünkchen Licht gefallen war –, ehe diese so aufregende Tagesfrage auch nur in Form eines Gerüchts bis zu Dupin und mir drang. Da wir eben mit Untersuchungen beschäftigt waren, welche unsere Aufmerksamkeit ausschließlich in Anspruch nahmen, so war fast ein ganzer Monat verflossen, seit einer von uns ausgegangen war, seit einer von uns einen Besuch angenommen oder in der Zeitung, die wir hielten, außer den politischen Leitartikeln etwas gelesen hatte. Ja, auch diese hatten wir immer nur überflogen. Das erste, was wir von dem Mord hörten, kam aus dem Mund des Polizeipräfekten selbst, der am 13. Juli 18.. bald nach Mittag in unserer Wohnung erschien und bis spät in die Nacht hinein bei uns blieb. Er war etwas ärgerlich, daß alle seine Bemühungen, den oder die Mörder ausfindig zu machen, vergebens gewesen waren. Es stehe sein Ruf, ja, es stehe seine Ehre auf dem Spiel, sagte Herr G. in echter Pariser Art. Es seien aller Augen auf ihn gerichtet, und es sei kein Opfer, das er nicht gern bringen werde, um das Geheimnis endlich aufzuhellen. Er schloß seine etwas drollige Rede mit einem Kompliment, das er Dupin für seinen sogenannten Takt zu machen geruhte, und rückte mit einem direkten und gewiß schönen Antrag heraus, dessen Natur ich hier nicht enthüllen zu dürfen glaube, von dem ich jedoch so viel sagen kann, daß er den eigentlichen Gegenstand meiner Erzählung nicht berührt.

Was das ihm gemachte Kompliment betrifft, so lehnte es mein Freund bestmöglich ab; auf den Antrag selbst aber ging er auf der Stelle ein, obgleich die damit verbundenen Vorteile rein temporär waren. Nachdem dieser Punkt geordnet war, ging der Polizeipräfekt zu Erklärungen über, die uns seine eigenen Ansichten von der Sache geben sollten; zu gleicher Zeit ließ er sich herbei, die der Polizei vorliegenden, uns aber noch unbekannten Beweise und Aussagen mit Bemerkungen zu versehen. Er sprach lange und ohne Zweifel auch recht gelehrt; was mich betrifft, so wagte ich, während die Nacht träge verstrich, hier und da nur eine Vermutung; Dupin selbst war, während er so in seinem gewohnten Armsessel ruhig liegen blieb, die personifizierte achtungsvolle Aufmerksamkeit. Während des ganzen Gesprächs hatte er eine Brille auf, und ein gelegentlicher Blick unter ihre grünen Gläser genügte, um mich zu überzeugen, daß er während der sieben oder acht bleifüßigen Stunden, die den Abschiedsworten des Polizeipräfekten vorangingen, wenn auch still, nichtsdestoweniger äußerst gesund schlief.

An dem darauffolgenden Morgen war es mein erstes, mir auf der Polizeipräfektur die bisherigen Zeugenaussagen möglichst vollständig zu verschaffen, während ich mir auf den verschiedenen Zeitungsbureaus ein Exemplar von jeder Nummer geben ließ, worin vom ersten Anfang an über diese traurige Angelegenheit irgendeine wichtigere Nachricht veröffentlicht worden war. Schied man nun alles das aus, was sich als wirklich falsch erwiesen hatte, so ließ sich diese Masse von Nachrichten etwa auf folgendes beschränken:

Marie Rogêt verließ die Wohnung ihrer Mutter in der Rue Pavée Saint André gegen neun Uhr morgens am 22. Juni 18.. Es war dieser Tag ein Sonntag. Beim Weggehen teilte sie einem Herrn, Jacques St. Eustache, und nur diesem allein, ihre Absicht mit, den Sonntag bei einer in der Rue des Drômes wohnenden Tante zuzubringen. Diese Rue des Drômes ist eine kurze, schmale, aber sehr verkehrsreiche Straße unweit der Seine und in geradester Linie etwa zwei englische Meilen von der Pension der Madame Rogêt entfernt. Es war St. Eustache der anerkannte Freier Maries; er wohnte auch in der Pension und nahm dort seine Kost. Er sollte seine Verlobte mit eintretender Dämmerung abholen und heimbegleiten. Im Laufe des Nachmittags aber fiel ein schwerer Regen, und da er deshalb annahm, daß sie die Nacht im Haus ihrer Tante zubringen würde, was sie unter ähnlichen Umständen schon öfters getan hatte, so hielt er es nicht für notwendig, sein Versprechen zu halten. Im Laufe des Abends hörte man Madame Rogêt, die eine siebzigjährige alte Dame war, die Befürchtung ausdrücken, daß „sie Marie wohl nie wiedersehen würde", diese Bemerkung wurde jedoch im Augenblick nicht besonders beachtet.

Am Montag stellte es sich heraus, daß das Mädchen nicht in der Rue des Drômes gewesen war; und als man im Lauf des Tages nichts von ihr erfahren hatte, wurde noch spätabends an verschiedenen Punkten der Stadt und der Umgebung nach ihr gesucht. Jedoch hörte man erst am vierten Tag nach ihrem Verschwinden etwas Zuverlässiges. An diesem Tag nämlich (Mittwoch, dem 25. Juni) wurde ein Monsieur Beauvais, der in Gesellschaft eines Freundes bei der Barriére du Roule am Seineufer nach Marie geforscht hatte, benachrichtigt, daß der Leichnam eben von einigen Fischern ans Land gebracht worden war, den sie im Fluß schwimmend gefunden hätten. Beauvais erkannte nach einigem Zögern den Leichnam als den des Mädchens, das einst bei dem Parfumeur im Palais Royal gewesen war. Sein Freund erkannte den Leichnam sofort.

Das ganze Gesicht war mit geronnenem Blut unterlaufen, und nicht nur war dieses der Fall, sondern es kam auch Blut aus dem Munde heraus; Schaum wurde nicht bemerkt, was also den Gedanken ausschloß, daß sie einfach ertrunken war. In dem Zellgewebe ließ sich keine Entfärbung wahrnehmen. Am Hals waren verschiedene Quetschungen und Fingereindrücke. Was die Arme betrifft, so lagen sie über der Brust und waren steif. Die rechte Hand war geballt, die linke aber teilweise offen. Am linken Handgelenk befanden sich zwei kreisrunde Stellen, an denen die

Haut fehlte, was anscheinend von Stricken oder von einem mehrfach herumgewundenen Strick verursacht worden war. Auch ein Teil des rechten Handgelenks zeigte bedeutende Spuren von Reibung sowie nicht minder der Rücken in seiner ganzen Ausdehnung, insbesondere aber an den Schulterblättern. Indem die Fischer den Leichnam an das Ufer brachten, hatten sie ihn an einen Strick gebunden; indessen rührte keine der eben angeführten wunden Stellen davon her. Am Hals war das Fleisch bedeutend geschwollen, Schnitte sah man nicht, und ebensowenig zeigten sich Quetschwunden, die als eine Folge geführter Schläge erschienen wären. Um den Hals war ein Stück Spitze so fest gebunden, daß es den Augen entging; es war im Fleisch vollständig vergraben und hatte einen Knoten, der gerade unter dem linken Ohr lag. Dies allein würde schon hingereicht haben, um den Tod herbeizuführen. Die Ärzte sprachen ganz zuversichtlich von dem tugendhaften Charakter der Verstorbenen. Ihnen zufolge war sie roher Gewalt ausgesetzt gewesen. Bei seiner Auffindung befand sich der Leichnam in einem solchen Zustand, daß Freunde des Mädchens sie alsbald erkennen mußten.

Die Kleidung der Ermordeten war an vielen Stellen zerrissen und auch sonst in großer Unordnung. Das äußere Kleid zeigte eine etwa fußbreite leere Stelle; hier war ein Stück vom unteren Saum bis zum Leib hinauf auf-, aber nicht abgerissen worden. Dieser Streifen war dreimal um ihren Leib gewunden und auf dem Rücken vermittels einer Art Schlinge befestigt. Der unmittelbar unter dem äußeren Kleid liegende Unterrock bestand aus feinem Musselin, und von diesem war ein achtzehn Zoll breiter Streifen gänzlich ausgerissen – und zwar sehr gleichmäßig und sehr sorgfältig ausgerissen. Diesen Streifen fand man lose um ihren Hals gewunden und vermittels eines starken Knotens befestigt. Über diesem Musselinstreifen und dem aus einem Stück Spitze bestehenden Streifen befanden sich die Bänder eines Hutes. Sie waren gebunden, und daran hing der Hut. Der Knoten, mit dem die Hutbänder befestigt waren, war kein Damenknoten, sondern ein verlorener oder sogenannter Seemannsknoten.

Nachdem der Leichnam identifiziert worden war, wurde er nicht, wie es sonst der Fall ist, nach der Morgue gebracht (es war diese Förmlichkeit rein überflüssig), sondern unweit des Ortes, wo er ans Land gebracht, eilig eingescharrt. Beauvais ließ es sich angelegen sein, die Leute, die um die Sache wußten, zu möglichstem Schweigen zu bewegen, und schon schien die Sache ganz vertuscht und vergessen zu sein. Da bemächtigte sich eine Wochenzeitung des grausigen Stoffes; der Leichnam wurde wieder ausgegraben und eine Obduktion angeordnet; indessen kam nichts heraus, was nicht bereits bekannt war. Nur wurden die Kleider der Verstorbenen ihrer Mutter und ihren Freunden vorgezeigt, worauf sie dieselben ohne Anstand für die, welche das Mädchen bei ihrem Weggehen vom Hause getragen hatte, erklärten.

Unterdessen wuchs die Aufregung mit jeder Stunde. Es wurden mehrere Individuen verhaftet, die aber wieder freigelassen werden mußten. Eustache insbesondere wurde ein Gegenstand dringenden Verdachts, da er sich anfänglich nicht genügend über die Anwendung seiner Zeit an dem Sonntag, an dem Marie das mütterliche Haus verließ, auszuweisen vermochte. Später brachte er indessen Beweise bei, mittels deren er von jeder Stunde des fraglichen Tages genügende Rechenschaft gab.

Da die Zeit verstrich und man immer noch keine Spur von dem Täter oder den Tätern hatte, kamen tausend verschiedene Gerüchte in Umlauf; die Zeitungsschreiber selbst aber ließen es sich nach Kräften angelegen sein, allerlei Vermutungen aufzustellen. Unter letzteren zog die, wonach Marie Rogêt immer noch leben sollte, die öffentliche Aufmerksamkeit am meisten auf sich; der Journalist wollte wissen, es sei der in der Seine gefundene Leichnam nicht der Maries, sondern der irgendeiner anderen Unglücklichen.

Es wird nicht unangemessen sein, einige Stellen herzunehmen, worin die oben angeführte Vermutung sich aufgestellt findet. Es sind dieselben buchstäblich aus der *Etoile*, einem sonst talentvoll redigierten Blatt, übersetzt:

Mademoiselle Rogêt verließ ihr mütterliches Haus am Morgen des 22. Juni, welcher ein Sonntag war. Sie gab an, sie wolle eine Tante oder sonst eine Verwandte in der Rue des Drômes besuchen. Von dieser Stunde an hat niemand sie nachweislich gesehen. Man hat absolut keine Spur oder Kunde von ihr. Bis jetzt ist noch niemand aufgetreten, der erklärt hätte, daß er sie an diesem Tag, nachdem sie die Tür ihrer Mutter verlassen hatte, überhaupt gesehen habe.

Obgleich wir nun keinen Beweis haben, daß sich Marie Rogêt an diesem Sonntag, dem 22. Juni, nach neun Uhr noch unter den Lebenden befand, so haben wir doch Beweise, daß sie bis zu der genannten Stunde noch lebte. Am Mittwoch, um zwölf Uhr mittags, wurde ein weiblicher Leichnam unweit des Ufers der Barrière du Roule schwimmend gefunden, somit waren es, selbst wenn wi annehmen, es sei Marie Rogêt in den drei Stunden nach ihrem Weggehen aus dem mütterlichen Hause in das Wasser geworfen worden, nur drei Tage – auf die Stunde hin drei Tage. Es ist jedoch völlig töricht anzunehmen, daß der Mord – wenn überhaupt ein Mord an ihr verübt wurde – schon so früh hätte vollbracht werden können, daß es ihren Mördern möglich gewesen wäre, den Leichnam noch vor Mitternacht in das Wasser zu werfen. Leute, die sich so abscheulicher Verbrechen schuldig machen, ziehen die Finsternis dem hellen Tage vor. So sehen wir denn, daß, wenn der im Wasser gefundene Leichnam wirklich der Marie Rogêts war, derselbe nur dreieinhalb Tage im Wasser oder drei Tage außerhalb desselben gewesen sein konnte. Nun aber zeigt alle Erfahrung, daß Körper, die durch Ertrinken den Tod gefunden haben oder nach erfolgtem gewaltsamen Tod alsbald ins Wasser geworfen werden, sechs bis zehn Tage brauchen, bis die Fäulnis so weit fortschreitet, daß sie obenauf schwimmen. Selbst wenn eine Kanone über einen Leichnam hinweg abgefeuert wird und dieser in die Höhe kommt, bevor er wenigstens fünf bis sechs Tage im Wasser gelegen hat, sinkt er wieder, wenn er sich selbst überlassen wird. Nun möchten wir fragen, welche Ursache hier vorlag, um eine Abweichung von dem gewöhnlichen Lauf der Natur zu rechtfertigen.

Wäre der Leichnam in seinem verstümmelten Zustand bis Dienstag nacht außerhalb des Wassers gewesen, so hätte man am Ufer sicherlich irgendeine Spur von den Mördern gefunden. Auch ist es zweifelhaft, ob der Körper selbst dann, wenn er zwei Tage lang tot gewesen und ins Wasser geworfen worden wäre, so bald geschwommen haben würde. Und ferner ist es höchst unwahrscheinlich, daß Schurken, die einen so gräßlichen Mord verübt haben, den Leichnam nicht durch ein daran gebundenes Gewicht zum Sinken gebracht hätten, während doch eine solche Vorsichtsmaßregel so leicht zu ergreifen gewesen wäre.

Hier sucht der Zeitungsschreiber zu beweisen, daß der Leichnam nicht bloß drei Tage, sondern wenigstens fünfmal drei Tage gelegen haben müsse, weil die Fäulnis schon so weit fortgeschritten gewesen sei, daß Beauvais viele Mühe hatte, ihn zu erkennen. Dieser letztere Punkt wurde indessen als durchaus unrichtig erwiesen. Und nun fahre ich in meiner Übersetzung fort:

Welches sind also die Tatsachen, worauf Monsieur Beauvais sich stützt, um sagen zu können, es sei ihm gar nicht zweifelhaft, daß es Marie Rogêts Leichnam sei? Er hat ihren Rockärmel aufgeschnitten und behauptet, Zeichen gefunden zu haben, welche die Identität außer Zweifel stellten. Ziemlich allgemein glaubte das Publikum, es hätten diese Zeichen in Schrammen und Narben irgendwelcher Art bestanden. Er aber rieb am Arm und fand Haare daran, das heißt, etwas so Unbestimmtes, als sich nur denken läßt – etwas, das ebensowenig ihre Identität beweist als der Umstand, daß im Ärmel ein Arm gefunden wurde. Monsieur Beauvais ging in jener Nacht nicht heim, sondern ließ Madame Rogêt Mittwoch abends um sieben Uhr wissen, daß die Untersuchung wegen ihrer Tochter immer noch fortdauere. Geben wir auch zu, was gewiß viel ist, daß Madame Rogêt durch ihr Alter und ihren Schmerz verhindert gewesen sei, sich selbst an Ort und Stelle zu begeben, so mußte doch wohl jemand es der Mühe wert halten, der Untersuchung beizuwohnen, wenn man den Leichnam wirklich für den Maries hielt. Aber es ging niemand zur Untersuchung. In der Rue Pavée Saint André wurde von der Sache nichts gesprochen oder gehört, was auch nur bis zu den Bewohnern des gleichen Hauses gedrungen wäre. Monsieur Saint Eustache, Maries Geliebter und Gatte in spe, der im Hause ihrer Mutter wohnte und seine Kost nahm, gibt an, daß er von der Auffindung des Leichnams seiner Braut erst an dem darauffolgenden Morgen gehört habe, als Monsieur Beauvais auf sein Zimmer gekommen sei und ihm davon gesprochen habe. Eine solche Nachricht aber hätte sicherlich nicht so kühl aufgenommen werden sollen.

In solcher Weise suchte der Zeitungschreiber an eine Gleichgültigkeit von seiten der Verwandten Maries glauben zu machen, eine Gleichgültigkeit, die mit der Annahme, daß diese Verwandten den Leichnam für den des schönen Mädchens hielten, durchaus unvereinbar ist. Was die Zeitung insinuiert, läuft darauf hinaus, daß Marie unter Zustimmung ihrer Freunde die Stadt aus Gründen, die gegen ihre Keuschheit sprächen, verlassen habe, und ferner, daß diese Freunde, nachdem in der Seine ein dem Mädchen ähnelnder Leichnam gefunden wurde, diese Gelegenheit wahrgenommen hätten, um bei dem Publikum den Glauben zu erwecken, daß sie tot sei.

Aber es war die *Etoile* hier abermals vorschnell. Es wurde klar bewiesen, daß nie eine Gleichgültigkeit, wie die vom Zeitungsschreiber erdachte, existierte; daß die alte Dame ungemein schwach und so aufgeregt war, daß sie es unmöglich fand, einer der ihr obliegenden Pflichten überhaupt nachzukommen; daß Saint Eustache, weit entfernt, die Nachricht kühl aufzunehmen, im Gegenteil vor Scham fast verrückt wurde und sich so wahnsinnig gebärdete, daß Monsieur Beauvais einen Freund und Verwandten beauftragte, sich um Maries Geliebten zu kümmern und ihn zu hindern, der Obduktion nach der Wiederausgrabung beizuwohnen. Obgleich ferner von der *Etoile* behauptet wurde, es sei der Leichnam auf öffentliche Kosten wieder bestattet worden, es habe die Familie einen günstigen Antrag von der Hand gewiesen, der es ihr möglich gemacht hätte, die Verstorbene auf ihre Kosten begraben zu lassen, und es sei auch nicht ein Glied der Familie bei der Beerdigung gewesen – obgleich, sage ich, alles dieses von der *Etoile* behauptet wurde, um der Ansicht, die es zu verfechten beliebte, möglichst Geltung zu verschaffen, so wurde doch alles als durchaus falsch erwiesen.

In einer späteren Nummer der eben genannten Zeitung wurde der Versuch gemacht, Beauvais selbst zu verdächtigen. Es drückt sich der Zeitungsschreiber folgendermaßen aus:

So gewinnt denn nun die Sache ein wesentlich anderes Aussehen. Wir hören, es habe Monsieur Beauvais, der eben im Begriff gewesen auszugehen, zu einer Madame B., die zufällig in Madame Rogêts Haus war, gesagt, daß man im Hause einen Gendarmen erwarte, sowie daß sie, Madame B., mit dem Gendarmen ja nichts sprechen solle, bis er wieder da sei, sondern ihm alles überlassen möge. So wie die Sachen jetzt liegen, scheint Monsieur Beauvais den besten Aufschluß über alles geben zu können. Ohne Monsieur Beauvais läßt sich auch nicht ein weiterer Schritt tun; denn welchen Weg man auch einschlagen mag, immer rennt man gegen ihn an . . . Aus guten Gründen muß er zu dem Entschluß gekommen sein, daß außer ihm selbst in der Sache niemand mitzusprechen habe; auch hat er die männlichen Verwandten, wie diese selbst sagen, in recht sonderbarer Weise zu beseitigen gewußt. Wie es scheint, ist er sehr dagegen gewesen, daß den Verwandten erlaubt wurde, den Leichnam zu sehen.

Durch nachstehendes Faktum erhielt der auf Beauvais geworfene Verdacht einen Schein von Wahrheit: Es hatte nämlich jemand, der ihn ein paar Tage vor dem Verschwinden des Mädchens auf seinem Bureau aufgesucht, aber nicht gefunden hatte, im Schlüsselloch der Bureautür eine Rose bemerkt und den Namen ‚Marie' auf einer Schiefertafel gesehen, die neben der Tür hing.

Nach den Zeitungen zu urteilen, sprach sich die öffentliche Stimme dahin aus, daß Marie einer Rotte von Bösewichtern zum Opfer gefallen war; daß sie von diesen über den Fluß gebracht, mißhandelt und endlich ermordet worden war. Das Journal *Le Commerce* aber, ein Blatt, das sich eines großen Einflusses rühmen kann, ließ es sich sehr angelegen sein, diese Ansicht zu bekämpfen. Ich zitiere etliche Stellen aus seinen Spalten:

Wir sind fest überzeugt, daß die Polizei bis jetzt auf einer ganz falschen Fährte ist, insofern sie bei ihren Nachforschungen stets von der Barrière du Roule ausgegangen ist. Eine Person wie Marie Rogêt, die Tausenden so gut bekannt war, konnte unmöglich an so vielen Häusern vorübergekommen sein, ohne daß irgend jemand sie gesehen hätte, und dieser hätte sich dessen gewiß erinnert, da sie alle, die sie kannten, interessierte. Bedenken wir nur auch, daß sie gerade zu einer Zeit ausging, wo die Straßen von Menschen wimmelten. Unmöglich konnte sie bis an die Barriére du Roule oder in die Rue des Drômes kommen, ohne wenigstens von einem Dutzend Personen erkannt zu werden; und doch ist auch nicht ein Mensch aufgetreten, der behauptet hätte, daß er sie außerhalb ihres mütterlichen Hauses gesehen habe; daß sie überhaupt ausgegangen ist, dafür liegt absolut kein Beweis vor, wenn wir die Aussage abrechnen, wonach sie eine solche Absicht ausgesprochen haben soll. Ihr Kleid war zerrissen und um ihren Leib festgebunden; und so konnte der Leichnam wie ein Paket getragen werden. Wäre der Mord an der Barriére du Roule verübt worden, so wäre das natürlich auch unnötig gewesen. Daß der Leichnam unweit der Barriére schwimmend gefunden wurde, beweist schlechterdings nicht, daß man ihn dort auch ins Wasser geworfen hatte. Aus einem der Unterröcke des unglücklichen Mädchens war ein zwei Fuß langes und einen Fuß breites Stück ausgerissen, dann um ihren Hals gewunden und hinten an ihrem Kopf festgebunden worden, wahrscheinlich um ein Schreien unmöglich zu machen. Dies konnte nur von Burschen geschehen, die kein Taschentuch hatten.

Ein paar Tage vor dem Besuche des Polizeipräfekten aber wurden der Polizei einige wichtige Umstände mitgeteilt, die wenigstens in der Hauptsache die Beweisführung des *Commerce* umzustoßen schienen. Zwei kleine Knaben, Kinder einer Madame Deluc, drangen, während sie in dem Gehölz unfern der Barrière du Roule umherschweiften, zufällig in ein Dickicht ein, in dem sich drei bis vier große Steine befanden, die eine Art Sitz mit Lehne und Schemel bildeten. Auf dem oberen Stein lag ein weißer Unterrock, auf dem zweiten ein seidenes Schultertuch. Ebenso fanden sie hier auch einen Sonnenschirm, Handschuhe und ein Taschentuch. Auf letzterem war der Name ‚Marie Rogêt' zu lesen. Auf den umgebenden Brombeersträuchern entdeckten die Knaben Fetzen von einem Kleid. Der Boden war aufgewühlt, die Sträucher waren an vielen Stellen geknickt, so daß man notwendig auf einen vorhergegangenen Kampf schließen mußte. Zwischen diesem Gebüsch und dem Fluß waren aus den Zäunen Stücke weggenommen und allenthalben auf dem Boden Spuren zu sehen, die nur von einer schweren Last herrühren konnten, die darauf fortgezogen worden war.

Eine Wochenzeitung, *Le Soleil*, enthielt über diese Entdeckung nachstehende Bemerkungen – Bemerkungen, welche die Ansichten und Stimmungen der ganzen Pariser Presse einfach wiederholten:

Offenbar hatten alle diese Dinge wenigstens schon drei bis vier Wochen hier gelegen; denn sie waren vom Regen ganz verdorben und versport und klebten infolgedessen aneinander fest. Um und über etliche war Gras gewachsen. Die Seide an dem Sonnenschirm war stark, jedoch klebte innen alles zusammen. Der obere Teil des Sonnenschirmes, der am dichtesten zusammengepreßt wurde, war total versport und verfault, so daß er, als man den Sonnenschirm aufmachte, zerriß. Die durch die Sträucher aus ihrem Kleid ausgerissenen Stücke waren etwa drei Zoll breit und sechs Zoll lang. Eines dieser Stücke hatte den Saum des Rockes gebildet und war geflickt gewesen; das andere Stück war aus einem Blatt des Rockes ausgerissen, war aber nicht der Saum. Diese Fetzen sahen aus wie losgerissene Streifen und hingen an dem Dornbusch, in einer Höhe von etwa einem Fuß über dem Boden. Es kann daher fortan nicht zweifelhaft sein, daß der wahre Ort, wo dieses schauderhafte Verbrechen verübt wurde, wirklich entdeckt ist.

Infolge dieser Entdeckung kamen auch neue Zeugenaussagen. Madame Deluc gab an, sie unterhalte unfern des Flußufers, der Barrière du Roule gegenüber, ein Gasthaus. An diesem führe die Straße vorbei. Was die Umgebung betreffe, so sei sie recht einsam. Sonntags kämen oft rohe Gesellen aus der Stadt, die in Booten über den Fluß setzten. An dem fraglichen Sonntag sei, etwa um drei Uhr nachmittags, in dem Gasthaus ein Mädchen erschienen in Begleitung eines jungen Mannes, der von schwärzlichem Teint gewesen sei. Die beiden hätten sich eine Zeitlang aufgehalten. Bei ihrem Weggehen hätten sie den Weg eingeschlagen, der in ein nahes, dichtes Gehölz führe. Was Madame Deluc an dem Kleid auffiel, welches das Mädchen anhatte, war, daß es einem Kleid glich, das eine nun verstorbene Verwandte von ihr getragen hatte. Das Schultertuch wurde besonders bemerkt. Bald nach dem Weggehen des Pärchens erschien eine Rotte roher, lärmender Gesellen, die sich das Essen und Trinken schmecken ließen, das Zahlen jedoch vergaßen, denselben Weg einschlugen, den der junge Mann mit dem Mädchen genommen hatte, zur Zeit der Dämmerung im Gasthaus wieder erschienen und wieder über den Fluß setzten, als ob sie große Eile hätten.

An diesem nämlichen Abend, bald nachdem es dunkel geworden war, hörten Madame Deluc sowie ihr älterer Sohn das Geschrei einer Frau, und zwar schien es aus der Nähe zu kommen. Dieses Geschrei, so heftig es war, dauerte nur ganz kurze Zeit. Nicht allein erkannte Madame D . . . das in dem Gebüsch gefundene Schultertuch, sondern auch das Kleid wieder, das man am Leichnam fand.

Nun sagte auch ein Omnibusfahrer, Valence mit Namen, aus, daß er gesehen hatte, wie Marie Rogêt an dem fraglichen Sonntag mit einem jungen Mann von schwärzlichem Teint in einer Fähre über die Seine fuhr. Er – Valence – habe Marie gar gut gekannt und habe sich also über ihre Identität nicht täuschen können.

Was Maries Verwandte betrifft, so erkannten sie die in dem Gebüsch gefundenen Gegenstände ohne weiteres als Eigentum des unglücklichen Mädchens.

Was ich mir auf Dupins Anraten in solcher Weise aus den Zeitungen gesammelt hatte, enthielt nicht mehr als einen weiteren Punkt – einen Punkt freilich, der anscheinend von ungeheuerer Tragweite war. Wie es scheint, so wurde bald nach Auffindung der oben beschriebenen Kleidungsstücke der leblose oder fast leblose Körper St. Eustaches, den wir als Maries Bräutigam kennen, in der Nähe des vermeintlichen Schauplatzes des Verbrechens entdeckt. Ein leeres Fläschchen mit der Signatur ‚Laudanum‘ wurde neben ihm gefunden. Daß er das Gift genommen hatte, bezeugte sein Atem genugsam. Er starb, ohne ein Wort gesprochen zu haben. Bei ihm wurde ein Brief gefunden, in dem sich in wenigen Worten seine Liebe zu Marie sowie seine Absicht, sich selbst das Leben zu nehmen, kundgaben.

„Ich brauche Ihnen wohl kaum zu sagen“, sprach Dupin, nachdem er die von mir gesammelten Notizen durchgesehen hatte, „daß dies eine weit verwickeltere und diffizilere Affaire ist als die der Rue Morgue; sie unterscheidet sich von dieser in einem wichtigen Punkt. Das hier vorliegende Verbrechen ist, so gräßlich es an und für sich sein mag, im Grunde doch nur ein gewöhnliches. Es hat durchaus nichts

Übermäßiges an sich. Es wird Ihnen nicht entgehen, daß eben aus diesem Grund die Aufhellung des Geheimnisses als ein leichtes Stück Arbeit angesehen worden ist. Während doch gerade dieser Umstand die Lösung des Rätsels als schwierig hätte erscheinen lassen sollen.

So hielt man es denn anfänglich für überflüssig, eine Belohnung auszusetzen. Wie und warum eine solche Greueltat begangen werden konnte, das begriffen die Leute des Polizeipräfekten auf der Stelle. Sie konnten sich einen Modus – mehrere Modi –, einen Beweggrund – mehrere Beweggründe denken; und weil wirklich einer von diesen vielen Modi und Beweggründen möglicherweise vorliegen konnte, haben sie es als eine ausgemachte Sache angesehen, daß einer von denselben vorliegen müsse.

Aber es hätten die Leichtigkeit, womit man diesen vielerlei Einbildungen Raum gab, und vor allem die Wahrscheinlichkeit, die für eine jede sprach, die Aufhellung des Geheimnisses eher als schwierig denn als leicht erscheinen lassen sollen. Ich habe schon früher bemerkt, daß die Vernunft bei ihrem Streben nach Wahrheit sich dadurch zurechtzufinden sucht, daß sie sich an solche Dinge hält, die über das gewöhnliche Niveau hinausgehen, sowie daß in Fällen, wie vorliegender ist, man sich nicht sowohl fragen muß: ‚Was ist geschehen?‘ als: ‚Was ist geschehen, das früher noch nie vorgekommen ist?‘

Bei den Nachforschungen im Hause der Madame L'Espanaye waren die Polizeileute gerade durch das Ungewöhnliche der Erscheinung entmutigt und verblüfft, während ein guter Denker hierin das untrüglichste Vorzeichen glücklichen Erfolgs begrüßt hätte. Derselbe gute Denker aber hätte über den gewöhnlichen Charakter aller Erscheinungen, denen man in der Affaire des Parfümerieladenmädchens begegnete, in wahre Verzweiflung geraten können.

In der Affaire der Madame L'Espanaye und ihrer Tochter konnte gleich anfangs kein Zweifel sein, daß wirklich ein Mord vorlag. Die Idee eines Selbstmords war von vornherein ausgeschlossen. Auch hier können wir gleich beim Anfang alle solche Selbstmordideen fallenlassen. Der an der Barrière du Roule aufgefundene Leichnam wurde unter Umständen aufgefunden, die über diesen wichtigen Punkt keinen Zweifel übrig lassen.

Aber man hat gemeint, es sei der aufgefundene Leichnam nicht der der Marie Rogêt gewesen, deren Mörder jetzt gesucht wird, unter Aussetzung einer Belohnung für den, der solche Beweise zu liefern vermag, daß die Überführung des Mörders oder der Mörder möglich wird – der Marie Rogêt, wegen der allein wir mit dem Präfekten ein Abkommen getroffen haben. Wir beide kennen den ebengenannten Herrn gar gut. Es dürfte nicht geraten sein, ihm allzuviel zu trauen. Gehen wir bei unseren Nachforschungen von dem aufgefundenen Leichnam aus, verfolgen wir von da die Spur eines oder mehrerer Mörder und entdecken wir dann, daß dieser Leichnam nicht der Maries, sondern irgendeiner anderen Person ist; oder aber nehmen wir die lebende Marie als unseren Ausgangspunkt an, und finden wir sie, aber nicht ermordet – so haben wir in beiden Fällen unsere Mühe verloren, da wir es mit Monsieur G . . . zu tun haben. In unserem eigenen Interesse liegt es daher, daß wir die Identität des Leichnams mit der vermißten Marie Rogêt nachweisen.

Auf das Publikum haben die von der *Etoile* vorgebrachten Gründe nicht verfehlt, großen Eindruck zu machen; und daß dieses Blatt selbst von der größten Wichtigkeit derselben überzeugt ist, mag aus der Art, in der einer seiner Artikel über die Affaire beginnt, hervorgehen. ‚Mehrere der heute erschienenen Morgenzeitungen‘, sagt das Blatt, ‚sprechen von dem überzeugenden Artikel, der in der *Etoile* vom Montag erschienen ist.' Was mich aber betrifft, so vermag dieser Artikel mich kaum von etwas anderem als dem Eifer des Verfassers zu überzeugen.

Wir dürfen nie aus den Augen verlieren, daß es sich unsere Zeitungen im allgemeinen mehr angelegen sein lassen, Aufsehen zu erregen, Sensation zu machen, als die Sache der Wahrheit zu fördern. Letzteres geschieht nur so gelegentlich, wenn man nämlich glaubt, daß man damit zugleich den ersteren Zweck noch vollständiger erreichen könne. Ein Blatt, das mit der gewöhnlichen Meinung, wie wohl begründet diese immer sein mag, einfach übereinstimmt, ist beim großen Haufen nur wenig beliebt. Dieser ist so verrückt, daß er nur den Mann als tiefen Denker ansieht, der der allgemeinen Stimme in möglichst beißender Weise widerspricht. Bei Folgerungen geht es genauso wie in der Literatur, das heißt, das Epigramm ist es, was am schnellsten und allgemeinsten Anerkennung findet. Und doch steht es, was das Verdienst betrifft, in beiden Fällen auf der allerniedrigsten Stufe.

Was ich hier sagen will, läuft darauf hinaus, daß die Mischung von Epigramm und Melodrama in der Idee, es lebe Marie Rogêt noch, nicht aber die wirkliche Wahrscheinlichkeit dieser Idee es ist, was die *Etoile* darauf gebracht und ihr die Gunst des Publikums gewonnen hat. Prüfen wir also die von dieser Zeitung vorgebrachten Gründe, und suchen wir dabei den Mangel an Logik zu vermeiden, wodurch das genannte Blatt in dieser Affaire glänzt.

Fürs erste sucht der Verfasser aus der Kürze der Zeit zwischen Maries Verschwinden und der Auffindung des schwimmenden Leichnams herauszudemonstrieren, daß dieser Leichnam nicht der Maries sein könne. So sucht denn der Mann diese Zwischenzeit alsbald auf ein möglichst kleines Maß zurückzuführen. Bei der Verfolgung dieses Zweckes nimmt er gleich anfangs ganz willkürlich allerlei Dinge an. ‚Es ist jedoch völlig töricht anzunehmen‘, meint das vielgelobte Blatt, ‚daß der Mord – wenn überhaupt ein Mord an ihr verübt wurde – schon so früh hätte vollbracht werden können, daß es den Mördern möglich gewesen wäre, den Leichnam noch vor Mitternacht in das Wasser zu werfen.‘

Ich frage nun alsbald und ganz natürlich, warum das so sein solle? Warum ist es töricht anzunehmen, daß der Mord schon in den ersten fünf Minuten nach dem Weggehen des Mädchens aus dem mütterlichen Haus verübt worden? Warum ist es töricht anzunehmen, daß der Mord zu irgendeiner Tageszeit ausgeführt wurde? Kommen ja doch, seit die Welt steht, Morde zu allen Stunden vor!

Hätte aber der Mord in irgendeinem Augenblick zwischen neun Uhr vormittags und Viertel vor Mitternacht stattgefunden, so wäre immer noch Zeit genug dagewesen, um den Leichnam noch vor Mitternacht in das Wasser zu werfen.

Es läuft also diese Annahme genau darauf hinaus, daß der Mord am Sonntag gar nicht stattgefunden hat; und lassen wir die *Etoile* dieses annehmen, je nun, so dürfen wir sie alles annehmen lassen, was immer sie will.

Die Stelle, die mit den Worten beginnt: ‚Es ist völlig töricht anzunehmen, daß der Mord‘ u.s.w. – diese Stelle hat wohl, wie immer sie in der *Etoile* gedruckt stehen mag, im Kopf des Verfassers in der Tat folgendermaßen gestanden: Es ist töricht anzunehmen, daß der Mord – wenn überhaupt ein Mord an ihr verübt wurde – so bald ausgeführt werden konnte, daß es ihren Mördern möglich war, den Leichnam noch vor Mitternacht in den Fluß zu werfen; es ist töricht, sagen wir, alles dieses und zugleich noch anzunehmen, wie wir zu tun entschlossen sind, daß der Leichnam erst nach Mitternacht ins Wasser geworfen wurde – ein Satz, der, an und für sich inkonsequent genug, jedoch nicht so durch und durch widersinnig ist wie der gedruckte.

Wäre es bloß meine Absicht", fuhr Dupin fort, „gegen diese Stelle der *Etoile* zu polemisieren und die hier vorgebrachten Gründe in ihrer Haltlosigkeit hinzustellen, so könnte ich mich billig auf das Gesagte beschränken. Wir haben es jedoch nicht mit der *Etoile*, sondern mit der Wahrheit zu tun. So wie die angeführte Phrase lautet, hat sie nur einen Sinn, und diesen Sinn habe ich in durchaus ehrlicher Weise gegeben; allein wir müssen hinter den bloßen Worten nach einem Gedanken suchen, der ursprünglich mit diesen Worten verknüpft wurde, aber faktisch nicht darin lag. Der Reporter wollte sagen, es sei unwahrscheinlich, daß der Mörder, zu welcher Stunde des Tages oder der Nacht am fraglichen Sonntag der Mord immer ausgeführt wurde, den Leichnam noch vor Mitternacht nach dem Fluß gebracht und ins Wasser geworfen haben würde. Und hierin liegt in Wahrheit die Voraussetzung, über die ich mich beklage. Der Berichterstatter nimmt an, es sei der Mord an einem Ort und unter Umständen verübt worden, die es erforderten, den Leichnam nach dem Fluß zu tragen und in ihn zu werfen. Nun aber konnte der Mord sowohl am Ufer des Flusses als auf dem Fluß selbst stattfinden, mithin hätte auch der Leichnam zu jeder Stunde des Tages oder der Nacht ins Wasser geworfen werden können, um einen unbequemen Ankläger möglichst bald aus dem Weg zu schaffen.

Sie werden einsehen, daß ich hier nichts als wahrscheinlich oder als mit meiner eigenen Ansicht zusammenfallend annehme. Bis jetzt habe ich auf die eigentlichen Fakten gar nicht eingehen wollen, sondern ich will hier bloß auf den einseitigen Charakter aufmerksam machen, den die Behauptungen der *Etoile* von vornherein in sich tragen.

Nachdem das Blatt so eine Grenzlinie gezogen hat, wie seine vorgefaßten Meinungen sie verlangen, und nachdem es angenommen hat, daß, wenn es Maries Leichnam wäre, dieser nur ganz kurze Zeit im Wasser gelegen haben könnte, fährt es folgendermaßen fort:

,Alle Erfahrung hat bewiesen, daß ertrunkene Körper oder Körper, die alsbald nach erfolgtem gewaltsamem Tod ins Wasser geworfen wurden, sechs bis zehn Tage brauchen, um so weit in Fäulnis überzugehen, daß sie wieder an die Oberfläche des Wassers kommen können. Selbst wenn eine Kanone über einen Leichnam hinweg abgefeuert wird und dieser, ehe er wenigstens fünf bis sechs Tage im Wasser gelegen hat, an die Oberfläche kommt, sinkt er wieder, sobald man ihn sich selbst überläßt.'

Diese Behauptungen haben sämtliche Pariser Blätter, mit alleiniger Ausnahme des *Moniteur*, ungerügt gelassen, mithin haben sie sich auch stillschweigend zu dieser Ansicht bekannt. Das eben angeführte Amtsblatt sucht nur den Teil der betreffenden Stelle zu bekämpfen, der sich auf ertrunkene Körper bezieht. Zu diesem Zweck führt es fünf bis sechs Fälle an, in denen nachweislich Körper von ertrunkenen Personen schon nach weniger Zeit, als die *Etoile* für nötig hält, schwimmend gefunden wurden.

Allein es liegt etwas ungemein Unphilosophisches in dem Versuch des *Moniteur*, die allgemeine Behauptung der *Etoile* durch Anführung einiger Fälle umzustoßen, die gegen die Behauptung des letztgenannten Blattes streiten. Selbst wenn es dem offiziellen Blatt möglich gewesen wäre, anstatt der fünf Fälle fünfzig anzuführen, in denen schon nach zwei bis drei Tagen Leichname schwimmend gefunden wurden, so hätten dennoch diese fünfzig Beispiele füglich immer nur als Ausnahmen von der Regel des *Etoile* angesehen werden können, bis endlich die Regel selbst umgestoßen würde. Läßt man die Regel stehen, und der

Moniteur ficht sie nicht an, sondern macht bloß darauf aufmerksam, daß sie nicht ohne Ausnahme sei, so bleibt auch die Beweisführung der *Etoile* voll in Kraft; denn es will diese Beweisführung nicht mehr involvieren als die Frage, ob es wahrscheinlich sei, daß der Leichnam in weniger als drei Tagen an die Oberfläche komme. Diese Wahrscheinlichkeit aber wird so lange für die Aufstellung des *Etoile* sein, als nicht die in so kindischer Weise angeführten Beispiele so zahlreich werden, daß dadurch eine andere Regel begründet wird.

So sehen Sie denn alsbald, daß es vor allen Dingen gilt, gegen die von der *Etoile* aufgestellte Regel solche Beweise beizubringen, daß sie als unhaltbar aufgegeben werden muß – wenn sie überhaupt angefochten werden soll. Zu diesem Zweck müssen wir untersuchen, worauf die Regel basiert.

Es ist der menschliche Körper im allgemeinen weder viel leichter noch viel schwerer als das Seinewasser, das heißt, die spezifische Schwere des menschlichen Körpers in seinem natürlichen Zustand kommt so ziemlich der Menge süßen Wassers gleich, die er verdrängt. Körper von wohlbeleibten, fetten, fleischigen, kleinknochigen Personen sowie die von Frauen überhaupt sind leichter als die Körper von mageren, grobknochigen Personen und als die von Männern überhaupt; auch wird die spezifische Schwere des Wassers eines Flusses durch die Ebbe und Flut des Meeres, wo diese sich geltend machen, einigermaßen beeinflußt. Lassen wir aber auch diese Ebbe und Flut jetzt ganz aus dem Spiel, so können wir nichtsdestoweniger sagen, daß nur sehr wenige menschliche Körper von selbst überhaupt sinken, auch wenn sie sich im süßen Wasser befinden. Fast jeder, der in einen Fluß fällt, wird schwimmen können, wenn er nur die spezifische Schwere des Wassers mit seiner eigenen völlig ins Gleichgewicht setzt, das heißt, wenn er seinen ganzen Körper möglichst im Wasser hält. Die rechte Lage für einen, der das Schwimmen versteht, ist die gerade Stellung des Gehenden, wobei der Kopf ganz nach hinten gebeugt und im Wasser liegen muß, so daß bloß Mund und Nasenlöcher über der Oberfläche bleiben. In solcher Lage werden wir finden, daß wir ohne Mühe schwimmen.

Es ist indes augenscheinlich, daß sich die Schwere des Körpers und die der verdrängten Wassermenge völlig aufwiegen und daß eine Kleinigkeit der einen oder der anderen das Übergewicht verschaffen kann. So ist zum Beispiel ein Arm, der aus dem Wasser herausgestreckt und so seiner Stütze beraubt wird, ein weiteres Gewicht, das vollkommen hinreicht, den ganzen Kopf zum Sinken zu bringen, während die zufällige Beihilfe eines auch noch so kleinen Holzstücks uns befähigen wird, den Kopf so hoch zu halten, daß wir umhersehen können.

Nun aber nimmt man bei Personen, die des Schwimmens ungewohnt sind, stets ein Bestreben wahr, die Arme in die Höhe zu strecken, während versucht wird, den Kopf in der gewohnten senkrechten Lage zu erhalten. Was ist die Folge davon? Mund und Nasenlöcher kommen unter das Wasser zu liegen, und Wasser wird in die Lungen aufgenommen, während die Person unter der Wasseroberfläche Atem zu holen sucht. Auch in den Magen kommt viel Wasser, und so wird dann der ganze Körper um den Unterschied zwischen dem Gewicht der diese Höhlungen ursprünglich ausdehnenden Luft und dem Gewicht des nun sie anfüllenden Fluidums schwerer. Dieser Unterschied aber ist groß genug, um den Körper in der Regel zum Sinken zu bringen, jedoch wieder nicht groß genug bei Individuen, die kleine Knochen und ein abnormes Quantum schlotteriger oder fetter Materie haben. Solche Individuen schwimmen selbst dann, wenn sie schon ertrunken sind.

Nehmen wir aber an, es liege der Leichnam einmal auf

dem Flußgrund. Hier wird er notwendig liegen bleiben müssen, bis endlich durch dieses oder jenes seine spezifische Schwere wieder geringer wird als die der Wassermenge, die er verdrängt. Diese Wirkung wird durch Fäulnis oder auf andere Weise hervorgebracht. Ein Resultat der Fäulnis ist die Gaserzeugung, infolge derer das Zellgewebe und sämtliche Höhlungen ausgedehnt werden, so daß der Körper das aufgedunsene Aussehen erhält, das einen so gräßlichen Anblick darbietet. Ist diese Ausdehnung so weit vorgeschritten, daß das Körpervolumen wesentlich zugenommen hat, ohne daß dabei eine entsprechende Zunahme der Masse oder des Gewichts stattgefunden hat, so wird seine spezifische Schwere geringer als die des verdrängten Wassers, mithin muß er dann auch wieder an die Oberfläche kommen.

Die Fäulnis aber wird durch unzählige Umstände modifiziert, durch unzählige Prozesse beschleunigt oder verspätet, wie zum Beispiel durch die Hitze oder Kälte der Jahreszeit, durch die Reinheit des Wassers oder dessen Durchsetzung mit Mineralteilen, durch die Tiefe oder Seichtheit des Wassers, durch dessen raschen Lauf oder dessen Stagnieren, durch die Beschaffenheit des Körpers, durch den Umstand, daß dieser vor dem Tode mit einer Krankheit behaftet oder von einer solchen frei gewesen ist. So liegt es denn klar zutage, daß wir keineswegs die Zeit genau bestimmen können, wann der Leichnam infolge der eintretenden Fäulnis an die Oberfläche kommen wird.

Unter gewissen Umständen würde dieses Resultat schon binnen einer Stunde stattfinden können, während es unter anderen nie stattfände. Es gibt chemische Mischungen, durch die der menschliche Körper auf immer vor Fäulnis bewahrt werden kann; unter diesen will ich hier nur das Quecksilberchlorid anführen. Ganz abgesehen von der Fäulnis aber kann sich, und es ist dies gewöhnlich der Fall, im Magen Gas erzeugen, infolge der sauren Gärung vegetabilischer Stoffe, oder aus anderen Gründen in anderen Körperteilen, und es kann diese Gaserzeugung hinreichend groß sein, um eine solche Ausdehnung des Körpers herbeizuführen, daß dieser an die Oberfläche kommt.

Die Wirkung, die durch die Abfeuerung einer Kanone hervorgebracht wird, ist eine einfache schwingende Bewegung. Infolge dieser kann nun entweder der Leichnam von dem leichten Schlamm losgelöst werden, worin er liegt, und so an die Oberfläche kommen, nachdem andere Prozesse ihn schon dazu befähigt haben, oder aber kann die schwingende Bewegung die Zähigkeit einiger faulender Teile des Zellgewebes überwinden und den Höhlungen ermöglichen, sich unter dem Einfluß des Gases auszudehnen.

Nachdem wir so die einschlagenden physikalischen Gesetze kennengelernt haben, wird es uns ein leichtes sein, die Behauptungen der *Etoile* daran zu prüfen. ‚Alle Erfahrung‘, sagt das eben angeführte Blatt, ‚beweist, daß ertrunkene Körper oder Körper, die alsbald nach erfolgtem gewaltsamen Tod ins Wasser geworfen werden, sechs bis zehn Tage brauchen, um so weit in Fäulnis überzugehen, daß sie wieder an die Oberfläche des Wassers kommen können. Selbst wenn eine Kanone über einen Leichnam abgefeuert wird und dieser, ehe er wenigstens fünf bis sechs Tage im Wasser gelegen hat, an die Oberfläche kommt, sinkt er wieder, sobald man ihn sich selber überläßt.‘

Dieser ganze Absatz muß Ihnen nun als ein loses, unzusammenhängendes Gewebe, dem alle und jede Konsequenz fehlt, erscheinen. Alle Erfahrungen beweisen nicht, daß ertrunkene Körper sechs bis zehn Tage brauchen, um infolge der eingetretenen Fäulnis wieder an die Oberfläche zu kommen. Im Gegenteil, sowohl Wissenschaft als Erfahrung beweisen, daß die Zeit, in der sie wieder heraufkommen, notwendig unbestimmt ist. Ist ferner ein Körper infolge der Abfeuerung einer Kanone an die Oberfläche gekommen, so wird er, wenn sich selbst überlassen, nicht eher wieder sinken, als bis die Fäulnis so weit vorgeschritten ist, daß eine Entweichung des erzeugten Gases möglich ist.

Aber ich wünsche Sie auf den Unterschied aufmerksam zu machen, der zwischen ertrunkenen Körpern und solchen gemacht wird, die unmittelbar nach erfolgtem gewaltsamem Tod ins Wasser geworfen werden. Obgleich der Verfasser den Unterschied zugibt, so bringt er doch alle unter eine Kategorie. Ich habe gezeigt, wie es geschieht, daß der Körper eines Ertrinkenden spezifisch schwerer wird als die Wassermenge, die er verdrängt, sowie daß er gar nicht untergehen würde, wenn er sich in völlig horizontaler Lage durchaus ruhig verhalten und weder die Arme aus dem Wasser emporstrecken noch auch unter dem Wasser nach Atem schnappen würde, wodurch die in der Lunge ursprünglich enthaltene Luft durch Wasser ersetzt wird. Die beiden eben erwähnten Dinge aber würden nicht geschehen, wenn ein Leichnam alsbald nach erfolgtem gewaltsamen Tod ins Wasser geworfen würde. Somit würde in letzterem Falle der Körper in der Regel gar nicht sinken – eine Tatsache, welche die *Etoile* offenbar gar nicht kennt. Erst dann, wenn die Fäulnis sehr weit vorgeschritten und das Fleisch größtenteils von den Knochen abgefallen wäre – erst dann, aber nur erst dann würden wir den Leichnam nicht länger sehen.

Was sollen wir nun zu dem von dem Verfasser geltend gemachten Grund sagen, es könne der Körper nicht der Marie Rogêts sein, weil man ihn schon nach Verlauf von drei Tagen schwimmend gefunden? Ertrank sie, so sank sie, als eine Frau, möglicherweise gar nicht; oder sank sie, so konnte sie innerhalb von vierundzwanzig Stunden oder noch früher wieder zum Vorschein kommen. Niemand aber wagt es, die Behauptung aufzustellen, daß sie ertrunken sei; und starb sie, bevor sie ins Wasser geworfen wurde, so konnte sie zu irgendeiner Zeit schwimmend gefunden werden.

,Aber‘, sagt die *Etoile*, ,wäre der Leichnam in seinem verstümmelten Zustand bis Dienstag nacht außerhalb des Wassers gewesen, so hätte man am Ufer sicherlich irgendeine Spur von den Mördern gefunden.‘ Was der Verfasser hier eigentlich will, ist anfänglich schwer einzusehen, offenbar will er einem Einwand zuvorkommen – dem Einwand nämlich, daß der Leichnam zwei Tage am Ufer geblieben und rascher Fäulnis anheimgefallen sei – einer Fäulnis, die noch rascher hätte vor sich gehen müssen, als wenn der Leichnam im Wasser gelegen hätte. Der Verfasser meint nämlich, es hätte der Leichnam, wenn solches der Fall gewesen wäre, schon am Mittwoch wieder an die Oberfläche kommen können, und glaubt, daß dies nur unter solchen Umständen möglich gewesen wäre. Natürlich hat er nun nichts Eiligeres zu tun, als zu beweisen, daß der Leichnam nicht am Ufer geblieben ist; denn wäre dies der Fall gewesen, so hätte man am Ufer sicherlich eine Spur von den Mördern gefunden. Vermutlich werden Sie über eine solche Logik lächeln. Sie können natürlich nicht einsehen, wie das bloße Faktum, daß der Leichnam am Ufer blieb, zur Folge haben konnte, daß die Spuren der Mörder sich vervielfältigten. Auch ich vermag solches nicht einzusehen.

,Auch ist es ferner‘, fährt unser Journal fort, ,höchst unwahrscheinlich, daß Schurken, die einen so gräßlichen Mord verübt haben, den Leichnam nicht durch ein daran gebundenes Gewicht zum Sinken gebracht hätten, während doch eine solche Vorsichtsmaßregel so leicht zu ergreifen gewesen wäre.‘ Sehen Sie einmal, welch lächerliche

Gedankenverwirrung uns hier entgegentritt! Niemand, nicht einmal die *Etoile*, wagt es zu bestreiten, daß an dem gefundenen Körper ein Mord verübt wurde. Die Spuren der Gewalttat lagen allzu offen vor aller Augen. Unser Verfasser will bloß darlegen, daß dieser Körper nicht der Maries ist. Er will beweisen, daß Marie nicht ermordet worden, nicht aber, daß der Leichnam nicht zu einer Ermordeten gehört. Und doch beweist seine Bemerkung nur letzteres. Hier haben wir einen Leichnam, an den kein Gewicht gebunden wurde; Mörder, die ihn ins Wasser geworfen hätten, würden nicht unterlassen haben, ein Gewicht daran zu binden; mithin wurde er auch nicht von Mördern ins Wasser geworfen. Weiter wird nichts bewiesen, wenn überhaupt etwas bewiesen wird. Die Frage der Identität läßt der Verfasser ganz unberührt, und es hat sich die *Etoile* viele Mühe gegeben, jetzt bloß zu widersprechen, was sie erst vor einem Augenblick zugegeben. ‚Wir sind vollkommen überzeugt', sagt das Blatt, ‚daß der gefundene Leichnam der einer ermordeten Frau ist.'

Auch ist dies nicht, selbst wenn wir uns einzig und allein auf diesen Teil der Affaire beschränken, das erste Mal, daß der Verfasser, ohne es zu wissen, wider sich selbst streitet. Wie ich bereits gesagt habe, macht er es sich offenbar zur Aufgabe, die Zeit zwischen dem Verschwinden Maries und der Auffindung des Leichnams möglichst kurz zu halten. Und doch sehen wir wieder, wie der Zeitungsschreiber es sich nicht nehmen lassen will, daß das Mädchen von dem Augenblick an, wo es das mütterliche Haus verlassen hat, von niemand gesehen worden ist. ‚Wir haben keinen Beweis', sagt er, ‚daß sich Marie Rogêt an diesem Sonntag, dem 22. Juni, nach neun Uhr noch unter den Lebenden befand.' Da er nun offenbar für eine bestimmte Ansicht Partei nimmt, so hätte er wenigstens diesen Punkt unbeachtet lassen sollen; denn hätte sich erweisen lassen, daß jemand Marie am Montag oder Dienstag gesehen hat, so würde die fragliche Zeit bedeutend eingeschränkt werden, und ferner würde, unter Zugrundelegung seiner eigenen Schlüsse, die Wahrscheinlichkeit, daß der Leichnam der der Grisette sei, bedeutend geringer geworden sein. Es ist gleichwohl sehr belustigend zu sehen, wie die *Etoile* auf diesem Punkt beharrt, in dem vollen Glauben, daß er den übrigen Beweisen bekräftigend zur Seite stehe.

Lesen Sie nun gefälligst den Teil des Aufsatzes wieder durch, der sich auf die Identifizierung des Leichnams durch Beauvais bezieht. In betreff der Haare am Arm hat die *Etoile* sich eine Unehrenhaftigkeit zuschulden kommen lassen. Da Monsieur Beauvais nicht blödsinnig ist, konnte er zur Unterstützung seiner Ansicht nie bloß geltend machen, daß Haare am Arm gewesen seien. Kein Arm ist ohne Haare. So wie die *Etoile* sich ausdrückt, hat sie die Aussage des Zeugen verdreht. Es muß der letztere notwendig auf irgendeine Eigentümlichkeit dieses Haares hingewiesen haben. Entweder ist die Farbe oder die Menge oder die Länge oder die Lage dieser Haare eigentümlich gewesen.

,Ihr Fuß', sagt das Blatt weiter, ,war klein; dem aber ist entgegenzuhalten, daß Maries Fuß nicht der einzige kleine Fuß ist. Ihr Strumpfband beweist gar nichts, und ebensowenig beweist ihr Schuh etwas, da man Schuhe und Strumpfbänder packweise verkauft. Dasselbe läßt sich von den Blumen an ihrem Hut sagen. Worauf Monsieur Beauvais viel Gewicht legt, ist, daß die Schnalle am Strumpfband offenbar zurückgesetzt wurde, um es enger zu machen. Dies will aber gar nichts sagen; denn wohl die meisten Frauen kaufen sich Strumpfbänder, ohne sie erst zu probieren, und erst zu Hause werden sie dieselben dem Umfang ihrer Beine anzupassen suchen.' Hier ist es wirklich schwer, an den Ernst des Zeitungsschreibers zu glauben. Hätte Monsieur Beauvais bei seinen Nachforschungen nach Maries Leichnam einen entdeckt, der der Größe und dem Aussehen nach mit dem des vermißten Mädchens Ähnlichkeit hatte, so würde er, ohne daß die Frage der Bekleidung überhaupt hätte berücksichtigt werden müssen, vollkommen berechtigt gewesen sein, zu glauben, daß jene Nachforschungen von Erfolg gekrönt wurden. Hätte er dazu noch an dem Arm Haare wahrgenommen, die etwas Eigentümliches zeigten, und die er an der lebenden Marie gesehen hatte, so hätte er sich in seiner Ansicht mit Recht bestärkt glauben können, und je eigentümlicher oder ungewöhnlicher diese Haare gewesen wären, um so größer wäre die Wahrscheinlichkeit geworden. Waren Maries Füße klein wie die des Leichnams, so würde die Wahrscheinlichkeit, daß der Leichnam wirklich der Maries ist, nicht bloß in arithmetischer, sondern in stark geometrischer Progression zugenommen haben. Hätte nun die Verstorbene vollends am Tage ihres Verschwindens solche Schuhe angehabt, so käme, auch wenn die Schuhe packweise verkauft werden, die Wahrscheinlichkeit fast einer Gewißheit gleich. Was an und für sich die Identität nicht beweisen würde, wird vermöge seiner bestärkenden Stellung zu einem durchaus höheren Beweis. Zeigt nun auch der Hut Blumen wie die, welche das vermißte Mädchen trug, so wollen wir keine weiteren Beweise. Ja, ist auch nur eine solche Blume vorhanden, so genügt uns dies; wie nun aber, wenn es zwei, drei oder noch mehr sind? Jede weitere Blume ist ein weiterer vielfacher Beweis – ein nicht einfach, sondern hundert- und tausendfach verstärkter Beweis. Entdecken wir jetzt noch am Leichnam Strumpfbänder wie die, welche die Lebende hatte, so ist es fast närrisch, in der Sache fortzufahren. Aber es sind diese Strumpfbänder durch das Zurücksetzen einer Schnalle in derselben Weise enger gemacht, wie von seiten Maries kurz vor ihrem Weggehen von zu Hause geschehen war. Nun noch zu zweifeln, ist Wahnsinn oder Heuchelei. Was die *Etoile* über die Strumpfbänder sagt, daß nämlich das Engermachen ein ganz alltägliches Vorkommnis sei, beweist sonst nichts als die Hartnäckigkeit, womit sie auf ihrem Irrtum beharrt. Die elastische Natur des Strumpfbandes mit der Schnalle beweist von selbst, daß solches etwas Ungewöhnliches ist. Was so eingerichtet ist, daß es sich selbst anpassen kann, muß fremder Hilfe nur selten bedürfen, damit es sich anpasse. Es muß im strengsten Sinn des Wortes seinen besonderen Grund gehabt haben, daß Maries Strumpfbänder einer solchen Engermachung bedurften. Schon viele Strumpfbänder würden ihre Identität vollkommen hergestellt haben.

Aber es hatte der Leichnam nicht allein die Strumpfbänder des vermißten Mädchens oder deren Schuhe oder deren Hut oder deren Hutblumen oder deren Füße oder deren eigentümliche Haare am Arm oder endlich deren Größe und Aussehen, sondern man fand am Leichnam alles dieses zusammen. Könnte der Beweis geliefert werden, daß der Herausgeber der *Etoile* unter solchen Umständen wirklich noch einen Zweifel hegt, so würde es nicht erst einer Kommission de lunatico inquirendo bedürfen, um ihn als einen Wahnsinnigen erscheinen zu lassen. Er hat es für gescheit gehalten, das Geschwätz der Advokaten wiederzukäuen, die sich meistens damit begnügen, die Ansichten der Gerichte zu wiederholen. Hier möchte ich bemerken, daß gar viele Dinge, die für die Gerichte keine Beweise sind, dem denkenden Mann als die allerbesten Beweise erscheinen. Denn es sind die Gerichte, die ihren Verfahren allgemeine Prinzipien – die anerkannten, in den Büchern stehenden Prinzipien – zugrunde legen, durchaus nicht geneigt, in besonderen Fällen von diesen Prinzipien abzugehen. Und eben dieses starre Festhalten an den Prinzipien und dieses beharrliche Unbeachtetlassen der dawiderstreitenden Ausnahme ist ein schönes Mittel, in einer langen Reihe von Jahren das Maximum erreichbarer Wahrheit zu erreichen.

Im großen und ganzen betrachtet ist die gerichtliche Praxis also wohlbegründet; nicht weniger gewiß ist es aber auch, daß sie zu einer Menge einzelner Irrtümer Anlaß gibt.

Was die gegen Beauvais gerichteten Insinuationen betrifft, so können wir mit ihnen in einem Nu fertig werden. Sie haben den wahren Charakter dieses guten Herrn bereits ergründet. Er ist ein Mensch, der sich in alles mischt, an dem viel Romantisches haftet und der zugleich mit einer geringen Dosis Mutterwitz gesegnet ist. Jeder so beschaffene Mensch wird sich bei einem wirklich aufregenden Anlaß so betragen, daß er sich bei den allzu Gescheiten oder Böswilligen in Verdacht bringt. Wie aus Ihren Notizen hervorgeht, so hatte Monsieur Beauvais einige Besprechungen mit dem Herausgeber der *Etoile,* und diesen beleidigte er dadurch, daß er die Meinung aussprach, es sei der Leichnam, trotz aller vom Zeitungsschreiber geschmiedeten Theorien, eben doch der Maries. ‚Er behauptet beharrlich‘, sagt die Zeitung, ‚es sei der Leichnam Maries, kann jedoch außer den bereits von uns beleuchteten Umständen keinen anführen, der andere zu überzeugen vermöchte.‘ Nun aber ist, ohne daß es nötig wäre, wieder darauf aufmerksam zu machen, daß stärkere Beweise nie hatten beigebracht werden können – nun aber ist, sage ich, nicht zu vergessen, daß es sich sehr leicht denken läßt, wie ein Mensch recht wohl in einem solchen Fall selbst glauben kann, ohne daß es ihm möglich ist, auch nur einen Grund vorzubringen, der für einen anderen überzeugend wäre. Nichts ist so vage, so unbestimmt wie Eindrücke von individueller Identität. Jedermann kennt seinen Nachbarn, und doch dürfte es nur wenige Fälle geben, wo jemand einen Grund anzugeben vermöchte, warum er in diesem Mann seinen Nachbarn erkennt. Der Herausgeber der *Etoile* hatte durchaus kein Recht, sich über Monsieur Beauvais' blinden Glauben zu ärgern.

Die verdächtigen Umstände, die ihn zu belasten scheinen, stimmen bei näherer Untersuchung unendlich besser mit meiner Hypothese romantischer Allgeschäftigkeit überein als mit der Vermutung des Zeitungsschreibers, wonach Beauvais wirklich schuldig sein soll. Nehmen wir einmal die mildere Interpretation an, so finden wir es gar nicht schwer, die Rose im Schlüsselloch, das Wort ‚Marie' auf der Schiefertafel, die ‚Beseitigung der männlichen Verwandten', den ‚Widerwillen, die Verwandten den Leichnam sehen zu lassen', die Aufforderung an Madame B., ‚daß sie mit dem Gendarmen ja nicht sprechen solle, bis er (Beauvais) wieder heimkomme', sowie endlich seinen scheinbaren Entschluß zu begreifen, ‚daß außer ihm selbst in der Sache niemand mitzusprechen habe.'

Es scheint mir außer aller Frage, daß Beauvais Marie den Hof machte, daß sie mit ihm kokettierte und daß es seine Eitelkeit kitzelte, wenn andere dachten, daß er nicht allein ihr Vertrauen besitze, sondern auch mit ihr ganz intim stehe. Hierüber will ich nun nichts weiter sagen; und da die Zeugenaussagen die Behauptung der *Etoile* durchaus Lügen strafen, so wollen wir nun fortfahren, als wäre die Frage der Identität in befriedigender Weise gelöst."

„Und", fragte ich hier, „was sagen Sie zu den Ansichten des *Commerce*?"

„Ich sage so viel, daß sie ihrem inneren Gehalt nach weit beachtenswerter sind als alle die, die bis jetzt ausgesprochen wurden. Die Folgerungen aus den Prämissen sind scharfsinnig und durchaus logisch; nur sind die Prämissen wenigstens in zwei Fällen auf eine unvollkommene Beobachtung gegründet.

Der *Commerce* will die Idee geltend machen, daß Marie nicht weit vom Haus ihrer Mutter von einer Rotte gemeiner roher Gesellen angefallen wurde. ‚Wir sind sehr überzeugt', sagt er, ‚daß die Polizei bis jetzt auf einer ganz falschen Fährte ist, insofern sie bei ihren Nachforschungen stets von der Barrière du Roule ausgegangen ist. Eine Person wie Marie Rogêt, die Tausenden so gut bekannt war, konnte unmöglich an so vielen Häusern vorüberkommen, ohne daß irgend jemand sie gesehen hätte.'

So würde ein Mann denken, der lange in Paris wohnt – ein in einem öffentlichen Amt stehender Mann, dessen Gänge sich auf einen gewissen Umkreis beschränken und der sich hauptsächlich zwischen den öffentlichen Gebäuden hin und her bewegt. Der weiß, daß er seine Kanzlei nie verlassen kann, ohne hundertfach erkannt und angeredet zu werden. Und da er genau weiß, welche Menschen ihn kennen und welche er kennt, so vergleicht er sich mit dem Parfümerieladenmädchen, findet, daß in bezug auf das Bekanntsein kein großer Unterschied zwischen ihnen beiden ist, und kommt sofort zu dem Schluß, daß sie auf ihren Gängen ebenso leicht erkannt werden müsse wie er selbst auf den seinigen.

Nun könnte dies aber nur dann der Fall sein, wenn die Gänge des Mädchens denselben unveränderlichen, methodischen Charakter hätten und sich etwa ebenso weit erstreckten wie die seinigen. Zu gewissen Stunden bewegt er sich innerhalb eines ziemlich engen Kreises – eines Kreises, der eine Menge anderer Personen enthält, die auf eine Person aufmerksam werden, weil sie sich für die Natur seines Geschäfts interessieren, insofern es mit ihrem eigenen verwandt ist.

Aber es läßt sich im allgemeinen sagen, daß Maries Gänge einen ganz anderen, einen unbeständigeren Charakter hatten. Im vorliegenden Fall werden wir als höchst wahrscheinlich annehmen dürfen, daß sie einen Weg einschlug, der von ihren gewöhnlichen Wegen eher abwich. Die Parallele, die der *Commerce* wohl gezogen hat, ließe sich nur dann rechtfertigen, wenn die beiden die ganze Stadt durchwanderten. In diesem Fall wären, vorausgesetzt, daß die beiden gleich viele Bekannte haben, die Chancen auch gleich, daß beide einer gleich großen Anzahl von Bekannten begegnen.

Was mich selbst betrifft, so halte ich es nicht allein für möglich, sondern sogar für sehr wahrscheinlich, daß sich Marie zu jeder Zeit auf einem der vielen Wege zwischen ihrer eigenen Wohnung und der ihrer Tante bewegen konnte, ohne daß sie auch nur einen Menschen traf, den sie kannte oder von dem sie erkannt wurde. Wenn wir diese Frage gehörig ins Auge fassen, dürfen wir nie das große Mißverhältnis zwischen der Anzahl persönlicher Bekannter einerseits, die ein Mensch irgend zu Paris haben kann, und der ganzen Bevölkerung von Paris andererseits vergessen.

Das Gewicht aber, das die Vermutung des *Commerce* noch zu haben scheinen möchte, wird gewaltig geschmälert, wenn wir die Stunde ins Auge fassen, zu der das Mädchen ausging. ‚Sie ging gerade zu einer Zeit aus‘, sagt der *Commerce*, ‚da die Straßen von Menschen wimmelten.‘ Dem war aber nicht so. Es war morgens neun Uhr. Nun sind allerdings an jedem Tag der Woche, den Sonntag allein ausgenommen, die Straßen der Stadt um neun Uhr mit Menschen angefüllt. Sonntags aber um neun Uhr sind die meisten Leute zu Hause, weil sie sich um diese Zeit fertig machen, um in die Kirche zu gehen. Niemandem, der einige Beobachtungsgabe besitzt, kann es entgangen sein, wie eigentümlich verödet die Stadt jeden Sonntag morgens zwischen acht und zehn Uhr aussieht. Zwischen zehn und elf wimmeln die Straßen von Menschen, nicht aber um die oben bezeichnete Stunde.

Noch will ich einen anderen Punkt erwähnen, wo mir der *Commerce* unvollkommen beobachtet zu haben scheint. ‚Aus einem der Unterröcke des unglücklichen Mädchens‘, so drückt das vielgelesene Blatt sich aus, ‚war ein zwei Fuß langes und einen Fuß breites Stück ausgerissen, um ihren Hals gewunden und hinten an ihrem Kopf festgebunden worden, wahrscheinlich um ein Schreien unmöglich zu machen. Dies konnte nur von Burschen geschehen, die kein Taschentuch hatten.‘ Ob diese Idee wohlbegründet ist oder nicht, werden wir später vielleicht sehen; wenn aber der Zeitungsschreiber von Burschen spricht, die kein Taschentuch haben, so will er die allergemeinste Klasse von Bösewichtern bezeichnen. Aber gerade bei solchen Menschen findet man stets Taschentücher, selbst dann, wenn ihnen Hemden fehlen. Sie müssen Gelegenheit gehabt haben zu bemerken, wie durchaus unentbehrlich in den letzten Jahren den ausgemachten Lumpen das Taschentuch geworden ist."

„Und was sollen wir von dem Artikel des *Soleil* halten?" fragte ich.

„Daß es jammerschade ist, daß der Schreiber des Artikels nicht als Papagei geboren wurde; denn er wäre gewiß ein Prachtexemplar von einem Papagei gewesen. Er hat bloß die bereits bekannten Ansichten und Vermutungen wiederholt und mit lobenswertem Fleiß aus dieser und jener Zeitung zusammengeklaut. ‚Offenbar‘, sagt der scharfsinnige *Soleil*, ‚hatten alle diese Dinge wenigstens schon drei bis vier Wochen hier gelegen; denn sie waren von dem Regen ganz verdorben und klebten aneinander. Es kann daher fortan nicht zweifelhaft sein, daß der wahre Ort, wo dieses schauderhafte Verbrechen verübt wurde, wirklich entdeckt ist.‘ Was nun mich betrifft, so sind durch die vom *Soleil* angeführten Tatsachen meine Zweifel nichts weniger als behoben. Auch werden wir diese Tatsachen später noch näher zu untersuchen Gelegenheit haben, wenn wir zu einem anderen Teil dieser Affaire übergehen. Für jetzt müssen wir uns mit anderem beschäftigen. Es kann Ihnen die ungemeine Nachlässigkeit, womit der Leichnam untersucht wurde, nicht entgangen sein. Allerdings wurde die Frage der Identität rasch erledigt oder hätte wenigstens rasch erledigt werden sollen; allein es waren noch andere Punkte da, über die man ins reine zu kommen suchen mußte. War der Leichnam in irgendeiner Beziehung beraubt? Hatte die Verstorbene an dem Morgen, an dem sie ihr mütterliches Haus verließ, goldene Schmucksachen, Edelsteine und dergleichen an sich? Und hatte sie, wenn dies der Fall war, dieses Geschmeide noch, als man sie treibend im Fluß fand?

Das sind wichtige Fragen, über die wir gleichwohl völlig im unklaren sind. Daneben gibt es noch andere, gleich wichtige Fragen, die unbeachtet geblieben sind.

Wir müssen den Versuch machen, selbst die Sache aufzuklären. Wir müssen sehen, wie es sich mit Saint Eustache eigentlich verhält. Zwar habe ich ihn gar nicht im Verdacht, aber wir wollen doch methodisch verfahren. Wir wollen sehen, wie es sich mit der Beweiskraft der eigentlichen Aussagen verhält über die Art und Weise, wie und wo er seinen Sonntag zugebracht hat. Mit solchen Aussagen mystifiziert man die Leute gar leicht. Sollten wir indessen hier nichts Verdächtiges wittern, so wollen wir Saint Eustache von unseren Untersuchungen ausschließen. So verdächtig sein Selbstmord auch erscheinen müßte, wenn an den eigentlichen Aussagen etwas auszusetzen wäre, so ist er doch, wenn bei diesen Aussagen kein Betrug mit unterlaufen ist, keineswegs ein Umstand, der uns als unerklärlich erscheinen und von der Linie gewöhnlicher Analyse abbringen müßte.

Bei dem, wozu ich nun komme, wollen wir unsere ganze

Aufmerksamkeit auf das Äußere der Tragödie konzentrieren. Das, was ich Inneres nennen möchte, wollen wir unberührt lassen. Bei derlei Untersuchungen liegt nicht der ungewöhnlichste Irrtum darin, daß man nur die unmittelbaren Ereignisse ins Auge faßt, die kollateralen oder zufälligen aber gänzlich unbeachtet läßt. Unsere Gerichte machen sich oft des Versehens schuldig, daß sie Zeugenbeweise und Diskussionen auf das anscheinend Erhebliche beschränken. Und doch hat eine lange Erfahrung bewiesen und wird alle gesunde Beobachtung stets beweisen, daß ein sehr großer, ja vielleicht der größte Teil der Wahrheit aus dem anscheinend Unerheblichen hervorgeht. Vom Geist, wenn nicht gerade vom Buchstaben dieses Prinzips geleitet, ist es der modernen Wissenschaft gelungen, selbst das Unvorhergesehene zu berechnen.

Doch Sie verstehen mich vielleicht nicht. Es hat die Geschichte menschlichen Willens so beharrlich dargelegt, daß wir kollateralen inzidenten oder akzidentellen Ereignissen die zahlreichsten und wertvollsten Entdeckungen verdanken, daß es endlich eine Notwendigkeit geworden ist, zufällige und durchaus unerwartete Erfindungen und Entdeckungen im Interesse des Fortschritts nicht allein in großartigem, sondern in großartigstem Maßstab in unsere Berechnungen aufzunehmen. Es ist nun nicht länger philosophisch, die Zukunft ganz nach der Vergangenheit zu berechnen. Der Zufall spielt, dies wird allgemein zugegeben, eine gewaltige Rolle. Und diesen Zufall können wir sogar der Rechnung unterwerfen. In die mathematische Schulformel hinein bannen wir das Unvorhergesehene – das, was wir uns nicht einmal gedacht haben.

Ich wiederhole es, der größte Teil aller Wahrheit ist aus der kollateralen entsprungen. Dies ist ein nacktes Faktum. Und mit dem Geist des Prinzips, das in diesem Faktum involviert ist, steht es nur im Einklang, daß ich im vorlie-

genden Fall den breitgetretenen und bis daher unfruchtba-
ren Boden des Ereignisses sich selbst überlasse, um die
Untersuchung auf die gleichzeitigen Umstände überzuspie-
len, von denen das Ereignis umgeben ist. Während Sie nun
die eigentlichen Aussagen untersuchen, die Saint Eustache
betreffen, will ich selbst die Zeitungen noch genauer, als
Sie es taten, durchstöbern. Bis jetzt haben wir das Feld der
Untersuchung bloß erkundet, aber es müßte wahrlich wunderlich zugehen, wenn eine fleißige Durchmusterung der
öffentlichen Blätter uns nicht einige Punkte lieferte, die, so
unbedeutend sie auf den ersten Blick auch scheinen
mögen, uns doch bei unseren Untersuchungen leiten
können."

Ich tat also, wie Dupin gesagt, und untersuchte die Saint
Eustache betreffenden eidlichen Aussagen mit skrupulöser
Sorgfalt. Als Resultat gewann ich die feste Überzeugung,
daß sie schlechterdings unanfechtbar seien, daß mithin
auch Saint Eustaches Unschuld außer aller Frage stand.

Inzwischen vertiefte sich mein Freund mit einem mir
völlig nutzlos scheinenden Fleiß in einen Wust von Zeitungen. Als eine Woche um war, legte er mir die nachstehen-
den Auszüge vor Augen.

*Vor etwa viereinhalb Jahren entstand in unserer Stadt
infolge des Verschwindens der nämlichen Marie Rogêt aus
dem Parfümerieladen des Monsieur Leblanc im Palais
Royal ein fast nicht minder großes Aufsehen. Als aber die
Woche zu Ende ging, erschien sie wieder hinter ihrem
gewohnten Ladentisch so gesund, wie sie nur je gewesen;
nur fiel an ihr eine leichte, etwas ungewöhnliche Blässe auf.
Sowohl Monsieur Leblanc als ihre Mutter verlautbarten,
daß sie bloß bei einer Freundin auf dem Land zu Besuch
gewesen sei, und bald war die ganze Sache vertuscht. Nun
meinen wir, es sei ihr neuestes Verschwinden abermals von*

einer ähnlichen Laune eingegeben worden und es werde
nach Verlauf von einer Woche oder vielleicht auch von
einem Monat uns vergönnt sein, das schöne Kind wieder
unter uns zu sehen.

Abendzeitung, Montag, 23. Juni

Ein gestriges Abendblatt weist auf ein früheres geheimnis-
volles Verschwinden von Mademoiselle Rogêt hin. Nun aber
ist es eine wohlbekannte Tatsache, daß sie während der
Woche, die sie in Leblancs Parfümerieladen fehlte, bei
einem jungen Seeoffizier war, der wegen seines ausschwei-
fenden Lebens nicht eben den besten Ruf genießt. Wie man
glaubt, führte eine Streitigkeit sie in providentieller Weise
wieder zu den Ihrigen. Wir kennen den Namen des fragli-
chen Lothario, der sich zur Zeit in Paris aufhält; doch
enthalten wir uns aus naheliegenden Gründen, ihn zu
nennen.

Le Mercure, Dienstag morgen, 24. Juni

Es ist vorvorgestern in der Nähe der Hauptstadt ein scheußli-
ches Verbrechen ausgeführt worden. Ein von seiner Frau
und seiner Tochter begleiteter Herr ließ sich, nach bereits
eingetretener Dämmerung, von sechs jungen Leuten, die an
den Ufern der Seine müßig auf und ab ruderten, über den
Fluß fahren. Als man das andere Ufer erreicht hatte, stiegen
die drei Passagiere aus, und schon hatten sie das Boot aus
dem Gesicht verloren, als die Tochter entdeckte, daß sie
darin ihren Sonnenschirm liegen gelassen hatte. Alsbald
kehrte sie um, um das Zurückgelassene zurückzufordern;
allein sie hatte es mit einer Rotte Buben zu tun, denn diese
packten sie, fuhren mit ihr in den Strom hinaus, knebelten
sie und mißhandelten sie auf eine viehische Art. Schließlich
setzten sie sie unweit der Stelle aus, wo sie mit ihren Eltern in
das Boot gestiegen war. Bis jetzt sind zwar die Schurken

noch nicht entdeckt, doch ist die Polizei ihnen auf der Spur, und bald werden wir von der Verhaftung einiger dieser sauberen Gesellen hören.

Morgenblatt, 25. Juni.

Wir haben einige Mitteilungen bekommen, die darauf hinauslaufen, daß Mennais derjenige sei, dem das kürzlich begangene gräßliche Verbrechen zur Last gelegt werden müsse; da jedoch dieser Herr gerichtlich völlig freigesprochen ist und ferner unsere Korrespondenten mehr Eifer als Gründlichkeit an den Tag zu legen scheinen, so erachten wir es nicht für rätlich, diese Mitteilungen abzudrucken.

Morgenblatt, 28.Juni

Wir haben verschiedene, sehr energisch gehaltene Mitteilungen bekommen, die anscheinend verschiedenen Quellen entstammen und es fast als gewiß erscheinen lassen, daß die unglückliche Marie Rogêt das Opfer einer jener vielen Banden roher Gesellen geworden ist, die sonntags die Umgebung unserer großen Stadt so unsicher machen. Was uns selbst betrifft, so neigen wir entschieden zu dieser Ansicht. Wir werden versuchen, für einige der angeführten Gründe in unserem Blatt einen passenden Platz zu finden.

Abendzeitung, Dienstag, 31.Juni.

Am Montag hat einer der im Dienst des Zollamts stehenden Schiffer ein leeres Boot die Seine herabschwimmen sehen. Im Boot selbst lagen Segel. Der Schiffer brachte das Boot nach der für die Barken des Zollamtes bestimmten Station. Am folgenden Morgen aber war das Boot wieder verschwunden, ohne daß einer der Beamten davon wußte. Das Ruder liegt jetzt auf dem Bureau der dem Zollamt gehörigen Barken.

La Diligence, Donnerstag, 26. Juni.

Als ich diese verschiedenen Auszüge las, schienen sie mir nicht allein unerheblich, sondern ich vermochte nicht einmal einzusehen, wie einer von ihnen auf die vorliegende Sache angewandt werden könnte. Ich wartete also auf weitere Erklärungen von seiten meines Freundes.

„Für jetzt", hob Dupin an, „ist es nicht meine Absicht, bei dem ersten und zweiten Auszug zu verweilen; ich habe sie notiert, um Sie vor allem auf die ungemeine Nachlässigkeit der Polizei aufmerksam zu machen, die soviel ich vom Polizeipräfekten höre, es bis jetzt verschmäht hat, den fraglichen Marineoffizier ins Verhör zu nehmen. Und doch ist es pure Albernheit zu sagen, daß zwischen dem ersten und dem zweiten Verschwinden Maries ein Zusammenhang sich gar nicht denken lasse.

Nehmen wir einmal an, Maries erstes Fortlaufen habe damit geendet, daß die beiden Liebenden miteinander Streit bekamen und daß infolgedessen das hintergangene Mädchen wieder nach Hause gegangen sei. Nun können wir ein zweites Verschwinden, sobald wir wissen, daß ein solches abermals stattgefunden hat, eher als eine Folge erneuter Anträge des früheren Verführers denn als ein Resultat der Vorschläge eines zweiten ansehen; wir können dieses zweite Fortlaufen eher als die Abwicklung eines alten Liebesverhältnisses denn als den Anfang eines neuen betrachten. Es ist eher zehn gegen eins zu wetten, daß der Mann, der Marie schon einmal entführt hat, ihr ein zweites Verschwinden vorschlagen wird, als daß ihr solche Vorschläge von einem anderen Mann gemacht werden.

Und hier muß ich Sie auf das Faktum aufmerksam machen, daß die zwischen dem ersten nachgewiesenen und dem zweiten mutmaßlichen Verschwinden liegende Zeit um einige Monate länger ist als die, während der unsere Kriegsschiffe zu kreuzen pflegen. War der Liebhaber durch seine Abreise verhindert worden, seine erste Schurkerei zu

Ende zu führen, oder aber hatte er den ersten Augenblick seiner Rückkehr benutzen wollen, um die noch nicht ganz ausgeführten Anschläge zu erneuern? Von alledem wissen wir nichts.

Sie werden mir aber entgegenhalten, daß in dem zweiten Fall, der uns hier beschäftigt, keine solche Entführung stattgefunden hat. Allerdings nicht; allein dürfen wir darum sagen, daß nicht wenigstens die Absicht dazu vorgelegen hatte, sie aber vereitelt wurde?

Außer denen Saint Eustaches und vielleicht auch Beauvais' sehen wir keine offenen, keine anerkannten, keine ehrbaren Bewerbungen um Maries Hand. Es verlautet von keinem anderen etwas.

Wer ist nun, so frage ich, der geheime Liebhaber, von dem die Verwandten, die meisten wenigstens, nichts wissen, mit dem aber Marie am Sonntagmorgen ein Rendezvous hat und der ihr Vertrauen in so hohem Grade besitzt, daß sie keinen Anstand nimmt, in dem einsamen Wäldchen der Barrière du Roule in seiner Gesellschaft so lange zu bleiben, bis die abendlichen Schatten auf die Erde herniedersteigen? Ich frage, wer ist dieser geheime Liebhaber, von dem wenigstens die meisten Verwandten durchaus nichts wissen? Und was soll die sonderbare Ahnung, was soll die Prophezeiung der Madame Rogêt an dem Morgen, an dem Marie weggeht: ‚Ich fürchte, ich sehe Marie nicht wieder'?

Können wir nun, auch wenn es uns unmöglich ist, bei Madame Rogêt eine Kenntnis des Entwicklungsplans anzunehmen, uns nicht wenigstens denken, daß das Mädchen einen solchen Plan hegte? Als sie von zu Hause wegging, gab sie zu verstehen, daß sie ihre Tante in der Rue des Drômes besuchen wolle; und im Haus der letzteren sollte Saint Eustache nach eingetretener Dämmerung sie abholen.

Nun streitet dieses Faktum auf den ersten Blick gar sehr wieder meine Voraussetzung; betrachten wir uns aber die Sache ein bißchen näher.

Daß sie wirklich mit einem Mann zusammentraf, daß sie mit ihm über den Fluß fuhr sowie daß sie erst um drei Uhr nachmittags an der Barriére du Roule ankam, ist bekannt. Indem sie aber diesen Mann in solcher Weise begleitete – in welcher Absicht dies geschah und ob ihre Mutter darum wußte oder nicht, kann ich hier füglich unerörtert lassen –, muß sie wohl an ihre beim Weggehen gesprochenen Worte gedacht haben, sowie nicht minder an das Staunen und den Argwohn, der in der Brust ihres Bräutigams notwendig aufstieg, wenn er um die angegebene Stunde in der Rue des Drômes erschien und dort seine Braut nicht fand und wenn er ferner, mit dieser beunruhigenden Nachricht in der Pension wieder erscheinend, wahrnahm, daß Marie immer noch nicht zu Hause war. An alles dieses muß sie, sage ich, notwendig gedacht haben. Sie muß Saint Eustaches Kummer sowie die argwöhnischen Mienen aller vorausgesehen haben. Es konnte ihr auch nicht einen Augenblick einfallen, sich leichtsinnig dem Argwohn ihres Liebhabers auszusetzen; wie ist es aber, wenn wir annehmen, daß sie gar nicht die Absicht hatte, zurückzukehren? Dann konnte es ihr gleichgültig sein, ob man Argwohn gegen sie hegte oder nicht.

Wir können sie wohl folgendermaßen denken lassen: ‚Ich habe ein Rendezvous mit einem gewissen Mann, der mich entführen oder sonst etwas, was nur mir bekannt ist, beginnen will. Nun kommt alles darauf an, daß wir nicht gestört werden; es muß uns so viel Zeit gegönnt sein, daß wir der Verfolgung trotzen können; ich werde sagen, ich wolle meine Tante in der Rue des Drômes besuchen und den ganzen Tag bei ihr bleiben; Saint Eustache aber solle mich erst, wenn es dunkel geworden ist, abholen. Auf diese

Art kann ich möglichst lange ausbleiben, ohne den Verdacht der Meinigen zu erregen und ohne sie ängstlich zu machen, während ich dabei mein Vorhaben ungehindert ausführen kann. Sage ich Saint Eustache, er solle mich erst, wenn es dunkel geworden ist, abholen, so kommt er gewiß nicht früher. Unterlasse ich das aber gänzlich, so habe ich nicht mehr so viel Zeit zu meinem Verschwinden, da man mich um so früher zurückerwarten und meine Abwesenheit um so schneller Besorgnis erregen wird. Wäre es nun meine Absicht, überhaupt zurückzukehren – beabsichtigte ich bloß, mit dem fraglichen Mann einige Tage oder Wochen lang herumzuziehen, so wäre es unklug von mir, mich von Saint Eustache abholen zu lassen; denn kommt er, so wird er gewiß erfahren, daß ich ihn hintergangen habe – ein Faktum, das ich ihm für immer verheimlichen könnte, wenn ich von zu Hause wegginge, ohne ihm meine Absicht mitzuteilen; ebenso, wenn ich noch vor eingetretener Finsternis heimkäme und dann sagte, daß ich meine Tante in der Rue des Drômes besucht habe. Da es aber meine Absicht ist, nie wieder zurückzukehren oder wenigstens erst nach vielen Wochen oder erst dann, wenn es gelungen ist, ein sicheres Versteck zu gewinnen, so kann mir nur daran liegen, daß ich möglichst viel Zeit gewinne.'

Wie Sie aus Ihren Notizen ersehen haben, neigt jetzt und neigte gleich anfangs die öffentliche Meinung dahin, daß das Mädchen das Opfer einer Rotte roher Gesellen geworden sei. Nun aber darf man die öffentliche Stimme unter gewissen Umständen nicht unbeachtet lassen. Hat die öffentliche Meinung in durchaus spontaner Weise sich gebildet, so müssen wir sie als jener Intuition analog betrachten, welche die Idiosynkrasie eines genialen Menschen ist. In hundert Fällen möchte ich es immer neunundneunzigmal auf die Entscheidung der öffentlichen Stimme ankommen lassen. Von großer Wichtigkeit ist es indessen, daß wir keine greifbaren Spuren von einem Einblasen haben. Die öffentliche Meinung muß im strengsten Sinne des Wortes aus dem Publikum selbst hervorgegangen sein; und oft genug ist es äußerst schwer, den Unterschied wahrzunehmen und festzuhalten.

Im vorliegenden Fall deucht es mir, diese öffentliche Meinung hinsichtlich einer Rotte von Buben sei durch das kollaterale Ereignis, von dem in meinem dritten Auszug die Rede ist, künstlich hervorgerufen worden. Ganz Paris ist in größter Aufregung, daß man den Leichnam der jungen, schönen, allbekannten Marie im Fluß gefunden hat. Dieser Leichnam trägt Spuren scheußlicher Gewalttaten und schwimmt im Fluß. Nun aber erfährt das Publikum, daß genau um dieselbe Zeit oder doch etwa um dieselbe Zeit, wo man mutmaßt, daß das Mädchen ermordet wurde, an einer zweiten jungen Frau eine Gewalttat verübt wurde, die ihrer Natur nach der von der Verstorbenen erlittenen ähnlich, wenn auch minder scheußlich ist; und zwar ist diese zweite Gewalttat durch eine Rotte roher Burschen verübt worden. Ist es nun zu verwundern, daß die bekanntgewordene Gewalttat das Volksurteil hinsichtlich der anderen unbekannten Gewalttat beeinflußt?

Dieses öffentliche Urteil wartete nur auf einen Fingerzeig, und nun schien die bekannte Gewalttat einen solchen so rechtzeitig zu geben! Auch Marie wurde im Fluß gefunden; und auf diesem nämlichen Fluß war die bekannte Gewalttat verübt worden. Der Zusammenhang der beiden Ereignisse hatte des Handgreiflichen so viel, daß man sich hätte in Wahrheit darüber wundern müssen, wenn das Volk es unterlassen hätte, diesem Fingerzeig zu folgen.

In der Tat aber ist der Umstand, daß eine solche Freveltat verübt wurde, ein Beweis, ein sicherer Beweis, daß die andere, fast zu gleicher Zeit verübte Freveltat nicht in ganz gleicher Weise verübt wurde. Es wäre wahrhaft ein Wunder gewesen, wenn an einem gegebenen Ort eine Rotte von Buben eine unerhörte Freveltat verübt hätte und zu gleicher Zeit, an einem ähnlichen Ort, in der gleichen Stadt, unter den gleichen Umständen eine zweite solche Rotte gewesen wäre, die mit ganz gleichen Mitteln einen ganz ähnlichen Frevel begangen hätte! Und verlangt die in solcher Weise künstlich hervorgebrachte öffentliche Meinung nicht dennoch von uns, daß wir an ein so wunderbares Zusammentreffen glauben sollen?

Bevor wir weiter gehen, wollen wir uns den mutmaßlichen Schauplatz des Mordes in dem Dickicht an der Barrière du Roule etwas näher betrachten. Dieses Dickicht befand sich unfern eines öffentlichen Weges, ja dicht daran. Innerhalb fand man drei bis vier große Steine, die eine Art Sitz mit Rückenlehne und Schemel bildeten. Auf dem oberen Stein lag ein weißer Unterrock; auf dem zweiten ein seidenes Schultertuch. Auch einen Sonnenschirm, Handschuhe und ein Taschentuch fand man hier. Auf dem Taschentuch war der Name Marie Rogêt zu lesen. Der Boden war zertreten, die Sträucher waren geknickt, und alles wies auf einen heftigen Kampf hin.

Trotz des Jubels, mit dem die Entdeckung dieses Dikkichts von der Presse begrüßt wurde, und obwohl jedermann glaubte, in dem Dickicht den wahren Schauplatz des Verbrechens erblicken zu müssen, kann doch nicht geleugnet werden, daß ein äußerst triftiger Grund vorlag, noch zu zweifeln. Daß das Dickicht der Schauplatz war, kann ich glauben oder auch nicht glauben; indessen lag ein guter Grund vor, dem Zweifel noch Raum zu geben. Wäre der wahre Schauplatz, wie der *Commerce* meinte, in der Nähe der Rue Pavée Saint André gewesen, so würden die Verbrecher – vorausgesetzt, daß sie sich noch in Paris aufhalten – ganz natürlich von Schrecken erfüllt worden sein, als die öffentliche Aufmerksamkeit in so scharfsinniger Weise in die rechte Bahn geleitet wurde; mithin würde sich auch gewissen Menschen die Notwendigkeit aufgedrängt haben, daß etwas geschehen müsse, um diese öffentliche Aufmerksamkeit wieder auf eine falsche Bahn zu lenken. Und so würde man, da das Dickicht an der Barrière du Roule nun schon einmal etwas Verdächtiges hatte, ganz natürlich auf den Gedanken gekommen sein, die Gegenstände an den Ort zu legen, wo sie wirklich gefunden wurden.

Es liegt, was auch der *Soleil* sagen mag, durchaus kein Beweis vor, daß die im Dickicht gefundenen Gegenstände dort länger als ein paar Tage lagen; dagegen lassen sich der besten Beweise gar viele beibringen, daß die fraglichen Gegenstände dort nicht die zwanzig Tage hätten liegen bleiben können, die zwischen dem unheilvollen Sonntag und dem Nachmittag verstrichen, an dem sie von den Knaben gefunden wurden; sicherlich wären diese Gegenstände während dieser Zeit von mehr als einer Person entdeckt worden. ‚Es waren diese Dinge alle‘, sagt der *Soleil*, der Ansicht der übrigen Blätter beipflichtend, ‚von dem Regen ganz verdorben und versport und klebten infolgedessen aneinander fest. Um und über etliche war Gras gewachsen. Die Seide an dem Sonnenschirm war stark, jedoch klebte innen alles zusammen. Der obere Teil des Sonnenschirmes, der am dichtesten zusammengepreßt wurde, war total versport und verfault, so daß er, als man den Sonnenschirm aufmachte, zerriß.‘

Was nun den Punkt betrifft, daß um und über etliche Gras gewachsen war, so liegt es auf der Hand, daß man dieses nur von den zwei kleinen Knaben erfahren haben konnte; denn diese Knaben waren es, welche die Gegenstände wegnahmen und heimbrachten, noch ehe eine dritte Person sie sah. Mithin beruht das ganze Faktum auf den Worten und auf dem mehr oder minder guten Gedächtnis der beiden Kinder.

Nun aber sage ich, daß das Gras, und zwar bei warmem und feuchtem Wetter ganz besonders, und solches Wetter hatte man zu der Zeit, als der Mord ausgeführt wurde, in einer einzigen Nacht einen ganzen, ja sogar zwei bis drei Zoll wachsen kann. Ein Sonnenschirm, der auf einem Boden mit neuem Rasen liegt, kann binnen einer einzigen Woche durch das neuwachsende Gras den Blicken ganz und gar entzogen werden. Und was die Versporung betrifft, bei der der Herausgeber des *Soleil* so hartnäckig verweilt, daß er in dem eben angeführten kurzen Absatz das Wort nicht weniger als dreimal gebraucht, so frage ich, ob der Zeitungsschreiber die Natur dieser Versporung wirklich nicht kennt. Soll ich ihm erst sagen, daß sie von einer jener vielen Klassen von Schwämmen herrührt, deren gewöhnlichste Eigentümlichkeit darin liegt, daß sie binnen vierundzwanzig Stunden entstehen und wieder absterben?

So sehen wir auf einen Blick, daß eben das, was man triumphierend zur Unterstützung der Idee beibrachte, daß die gefundenen Gegenstände wenigstens drei bis vier Wochen in dem Dickicht gelegen haben müssen, nichts als die erbärmlichste Absurdität ist, insoweit es das fragliche Faktum beweisen soll. Andererseits ist es ungemein schwer zu glauben, daß diese Gegenstände in dem erwähnten Dickicht länger als eine Woche – länger als von einem Sonntag bis zum anderen gelegen haben können.

Alle, die die Umgebung von Paris einigermaßen kennen, wissen, wie ungemein schwer es hält, dort einen ganz einsamen Ort zu finden, und daß man schon weit über die Vorstädte hinausgehen muß, wenn man auch nur einigermaßen von der übrigen Welt abgesondert sein will. Man darf sich auch nicht einen Augenblick dem Gedanken hingeben, daß in den Wäldchen und Gebüschen, die da und dort die Hauptstadt umgeben, auch nur ein Winkelchen sei, das unerforscht bliebe oder auch nur selten aufgesucht werde. Es möge einmal ein wirklicher Naturforscher den Versuch machen, auch nur an einem Werktag seinen Einsamkeitsdurst in der unmittelbaren, durch ihre natürliche Anmut ausgezeichneten Umgebung zu stillen. Kaum ist er dem Staub und der Hitze der großen Metropole einigermaßen entflohen, wird er sich in seinem Naturgenuß durch Stimmen und Erscheinungen gestört finden, die ihn nichts weniger als angenehm berühren können. Es wird ihm bald hier, bald dort ein roher Bursche oder ein Haufen betrunkener Kerle aufstoßen. Er wird fast keinen Schritt gehen können, ohne daran gemahnt zu werden, daß Einsamkeit hier schlechterdings nicht zu finden ist. Nicht einmal die dichtesten Blätterdächer werden sie ihm bieten können, das sind gerade die Orte, wo es der ungewaschenen Bären am meisten gibt; das sind gerade die am meisten entweihten Tempel. Ärgerlich und grämlich wird der Naturfreund nach dem verdorbenen Paris zurückfliehen, als einer minder hassenswerten, weil minder unnatürlichen Fundgrube der Verderbnis.

Ist aber die Umgebung der Hauptstadt schon an Werktagen so stark besucht, wie wird es dann erst an Sonntagen sein? Jetzt hauptsächlich suchen die rohen Gesellen und die Lumpen der Hauptstadt, von der Arbeit nicht länger in Anspruch genommen oder der gewohnten Gelegenheiten, irgendein Verbrechen zu begehen, beraubt, die Umgebung auf, und zwar nicht aus Liebe zur ländlichen Natur, für die solche Menschen ganz und gar keinen Sinn haben, sondern um dem Zwang und den konventionellen Schranken des geselligen Lebens zu entfliehen. Solche Gesellen suchen weniger die frische, gesunde Luft und die grünen Bäume als eine Gelegenheit, sich ihrem wüsten Treiben völlig hingeben zu können. Hier, auf dem Lande, in dem an der Straße liegenden Gasthaus oder unter dem Blätterdach der Bäume überlassen sie sich, nur von den Augen der Spießgesellen beobachtet, einer wüsten, tollen, unechten Lustigkeit – einer Lustigkeit, die ein Kind der Freiheit und der Rumflasche ist.

Ich sage gewiß nicht mehr, als was jedem leidenschaftslosen Beobachter klar sein muß, wenn ich wiederhole, daß der Umstand, daß die fraglichen Artikel länger als von einem Sonntag zum anderen in einem Dickicht in der unmittelbaren Nähe von Paris unentdeckt bleiben konnten, fast wie ein Wunder angesehen werden muß.

Aber es fehlt auch nicht an anderen Gründen, die zu dem Verdacht Anlaß geben, daß die fraglichen Gegenstände in das Dickicht gelegt wurden, um die öffentliche Aufmerksamkeit von dem wahren Schauplatz des Verbrechens abzulenken. Erlauben Sie mir vor allem, daß ich Sie auf das Datum der Entdeckung dieser Gegenstände hinweise. Vergleichen Sie es mit dem Datum des fünften Zeitungsauszugs, den ich selbst gemacht und den ich Ihnen vorgelegt habe.

Sie werden finden, daß die Entdeckung fast unmittelbar auf die energisch geschriebenen Mitteilungen folgte, die der Abendzeitung zugingen. Obgleich sie verschiedenartig und anscheinend verschiedenen Quellen entflossen waren, so zielten doch alle auf eines und dasselbe hin – darauf nämlich, daß eine Rotte roher Burschen das Verbrechen begangen hat und daß die Nähe der Barrière du Roule der Schauplatz gewesen sein soll.

Hier nun kann natürlich auf die Knaben, welche die Gegenstände fanden, kein Verdacht fallen; es ist schlechterdings nicht anzunehmen, daß von ihnen infolge dieser Mitteilungen, oder weil die öffentliche Aufmerksamkeit dadurch eine gewisse Richtung bekam, die Gegenstände im Dickicht entdeckt wurden; wohl aber mag und mochte das als verdächtig erscheinen, daß die Knaben die fraglichen Gegenstände nicht schon vorher gefunden hatten; denn offenbar waren letztere früher nicht im Dickicht gewesen, sondern erst zur Zeit der bekannten Mitteilungen oder kurz vorher von den schuldbewußten Urhebern dieser Mitteilungen selbst dort hingelegt worden.

Es war dieses Dickicht kein gewöhnliches – nichts weniger denn ein gewöhnliches. Erstens war es außerordentlich dicht. Zweitens befanden sich im Innern drei ganz ungewöhnliche Steine, die einen Sitz samt Lehne und Fußschemel bildeten. Und dieses so natürliche und doch wieder so künstliche Dickicht befand sich in der unmittelbaren Nähe des Hauses der Madame Deluc, deren Knaben gewohnt waren, alle Sträucher und Gebüsche zu durchsuchen, weil sie die Sassafrasrinde liebten. Das Dickicht war nur wenige Minuten vom Hause der Knaben entfernt. Wäre es nun eine unbesonnene Wette – eine Wette von tausend gegen eins –, wenn man sagte, es sei wohl nie ein Tag vergangen, an dem nicht wenigstens einer dieser Knaben die schattige Halle aufgesucht und sich auf deren natürlichen Thron gesetzt habe?

Diejenigen, die Anstand nähmen, eine solche Wette einzugehen, sind entweder selbst nie Knaben gewesen, oder sie haben das Wesen eines Knaben vergessen. Ich sage nochmals, es läßt sich kaum begreifen, wie die fraglichen Gegenstände in diesem Dickicht länger als einen oder zwei Tage unentdeckt bleiben konnten; mithin liegt auch trotz der dogmatischen Unwissenheit des *Soleil* Grund zu dem dringenden Verdacht vor, daß die bewußten Gegenstände erst kurz vorher an den Ort gebracht wurden, an dem die Knaben sie fanden.

Aber es liegen noch andere, gewichtigere Gründe vor zu der Annahme, daß sie dorthin gebracht wurden. Zuerst muß ich Sie darauf aufmerksam machen, in welch künstlerischer Weise die Gegenstände herumlagen. Auf dem oberen Stein lag ein weißer Unterrock; auf dem zweiten ein

seidenes Schultertuch; auf dem Boden lagen ein Sonnenschirm, Handschuhe und ein Taschentuch mit dem Namen
Marie Rogêt.

Ganz so würde natürlich eine nicht allzu pfiffige Person,
welche die Gegenstände in natürlicher Weise loswerden
wollte, sie hingelegt haben. Genau besehen aber ist dieses
Umherliegen durchaus nicht natürlich. Ich für meinen Teil
hätte eher erwartet, daß die Gegenstände alle auf dem
Boden verstreut herumgelegen hätten und sie mehr oder
minder zertreten gewesen wären. Da das Dickicht von so
kleinem Umfang ist, wäre es wohl kaum möglich gewesen,
daß der Unterrock und das Schultertuch auf den Steinen
liegen blieben, wenn mehrere kämpfende Personen in
ihren Bewegungen sich fortwährend berührt hätten. Es
heißt in der Zeitung, es könne keinem Zweifel unterliegen,
daß ein Kampf stattgefunden hat, da der Boden zerwühlt
und die Büsche geknickt seien; nichtsdestoweniger findet
man den Unterrock und das Schultertuch so säuberlich
aufgehoben, als ob sie in einen Schrank gelegt worden
wären. ‚Die durch die Sträucher aus ihrem Kleid ausgerissenen Stücke waren etwa drei Zoll breit und sechs Zoll
lang. Eines dieser Stücke hatte den Saum des Rockes gebildet und war früher geflickt gewesen. Diese Fetzen sahen
aus wie losgerissene Streifen.‘

Hier sagt der *Soleil* aus purer Unachtsamkeit etwas, was
ungemein verdächtig aussieht. Allerdings sehen die Fetzen,
wie er sagt, wie losgerissene Streifen aus; aber, muß ich
alsbald hinzusetzen, wie Streifen, die absichtlich und mit
der Hand ausgerissen wurden.

Es ist ein höchst seltener Fall, wenn aus einem Kleid wie
dem beschriebenen durch einen Dorn ein Stück ausgerissen
wird. Vermöge der ganzen Natur solcher Gewebe zerreißt
ein Dorn oder Nagel, der sich darin verfängt, sie rechtwin-
kelig – das heißt, er teilt sie in zwei längliche Risse, die

rechte Winkel miteinander bilden und in eine Spitze aus-
laufen, wo der Dorn eingedrungen ist; aber kaum möglich
ist es, sich das Stück ausgerissen zu denken. Ich wenigstens
weiß von keinem solchen Fall, und gewiß wird Ihnen ein
solcher ebensowenig bekannt sein.

Soll aus solchen Geweben ein Stück ausgerissen werden,
sind fast immer zwei verschiedene, in verschiedener Richtung wirkende Kräfte nötig. Hat das Gewebe zwei Ränder
– wie das zum Beispiel bei einem Taschentuch der Fall ist –
und soll ein Stück aus ihm herausgerissen werden, dann,
und nur dann allein wird eine Kraft ausreichen. Im vorliegenden Fall aber handelt es sich um ein Kleid, das nicht
mehr als einen Rand hat. Aus der Innenseite, wo kein
Rand ist, könnte von Dornen nur durch ein Wunder ein
Stück ausgerissen werden; schlechterdings aber könnte ein
einziger Dorn solches nie tun.

Aber selbst da, wo ein Rand ist, werden zwei Dornen
nötig sein, von denen der eine in zwei verschiedene Richtungen, der andere aber in einer einzigen wirkt; unter der
Voraussetzung, daß der Rand nicht gesäumt ist. Ist er
gesäumt, ist die Sache so gut wie unmöglich. So sehen wir
denn, wie viele und große Probleme es hat, anzunehmen,
daß durch bloße Dornen Stücke ausgerissen werden können; und doch sollen wir nicht allein glauben, daß ein
Stück, sondern daß mehrere in solcher Weise ausgerissen
wurden.

Ferner: ,Eines dieser Stücke hatte den Saum des Rockes
gebildet!' Ein anderes Stück war ,aus einem Blatt des Rok-
kes ausgerissen, war aber nicht der Saum' – das heißt, es
war aus der ungesäumten Innenseite des Rockes von Dornen vollständig ausgerissen worden!

Nun aber mag das glauben, wer da will; ich für meinen
Teil finde es sehr verzeihlich, daß man es nicht glaubt. Und
doch bieten alle Dinge zusammengenommen vielleicht

nicht so vielen Grund zum Verdacht als der eine höchst auffallende Umstand, daß die Gegenstände in dem Dikkicht von Mördern, die vorsichtig genug waren, den Leichnam aus dem Wege zu schaffen, überhaupt zurückgelassen wurden.

Sie würden mich indessen mißverstehen, wenn Sie glaubten, es sei meine Absicht zu leugnen, daß in diesem Dikkicht ein Verbrechen begangen wurde. Wohl möglich, daß hier etwas Unrechtes vorging, noch möglicher aber, daß im Haus der Madame Deluc ein Unglück geschah. Indes ist das, genau betrachtet, ein minder wichtiger Punkt. Wir haben uns nicht vorgenommen, den Ort des Verbrechens zu entdecken, wohl aber auf die wahren Missetäter hinzuweisen. Was ich gesagt habe, ist trotz der Umständlichkeit, der ich mich beflissen habe, gesagt worden, um die Albernheit der absprechenden und vorschnellen Behauptungen des *Soleil* nachzuweisen, zweitens und hauptsächlich aber, um sie auf möglichst natürlichem Wege dahin zu bringen, daß Sie die noch zweifelhafte Frage, ob der Mord das Werk einer Rotte von Buben ist oder nicht, schärfer ins Auge fassen.

Wir wollen diese Frage ganz einfach dadurch angehen, daß wir auf die empörenden Einzelheiten hinweisen, die der gerichtlich verhörte Chirurg angegeben hat. Ich brauche bloß so viel zu sagen, daß die von der Presse veröffentlichten Folgerungen des Chirurgen, betreffend die Anzahl der Buben, von sämtlichen Pariser Anatomen, die einigen Ruf haben, mit vollem Recht als total unbegründet und unrichtig verhöhnt worden sind. Nicht daß die Sache nicht so hätte sein können, wie der Chirurg meint; wohl aber lag kein Grund zu solchem Schluße vor. Lag aber nicht zu einem anderen Schluß viel Grund vor?

Werfen wir nun einen Blick auf die ‚Spuren eines Kampfes‘, und lassen Sie mich fragen, was diese Spuren denn eigentlich beweisen sollen. Sie sollen auf eine Rotte von Buben hinweisen. Beweisen sie aber nicht vielmehr, daß von einer Rotte schlechterdings nicht die Rede sein kann?

Konnte ein schwaches, wehrloses Mädchen sich lange gegen eine Rotte von Buben wehren? Und konnte unter solchen Umständen der Kampf so heftig sein und so lange dauern, daß überall ‚Spuren' davon zurückblieben?

Ich sage, daß einige feste, rauhe Arme genügt hätten, um allem Kampf auf einen Schlag ein Ende zu machen. Die Buben hätten es nicht einmal nötig gehabt, ein Wort zu sprechen. Sobald sie wollten, mußte das unglückliche Opfer ihnen ganz und gar zu Willen sein.

Hier werden Sie nicht vergessen, daß die gegen das Dickicht als den Schauplatz des Verbrechens geltend gemachten Gründe hauptsächlich nur dann Geltung haben, wenn man annimmt, es sei das Verbrechen von mehr als einem Individuum ausgeführt worden. Denken wir uns nur einen Verbrecher, so können wir uns allerdings auch den Kampf so heftig und hartnäckig denken, daß er deutliche Spuren zurückgelassen hat. Ich wiederhole es, nur dann ist ein solcher Kampf überhaupt denkbar.

Und das ist noch nicht alles. Ich habe bereits erwähnt, wie verdächtig uns das Faktum erscheinen müsse, daß die fraglichen Gegenstände überhaupt in dem Dickicht liegen blieben, wo man sie gefunden hat. Es scheint fast unmöglich, daß diese Schuldbeweise zufällig an dem Orte gelassen wurden, wo man sie gefunden hat. Man hatte Geistesgegenwart genug, um, wie wir einstweilen annehmen wollen, den Leichnam fortzuschaffen; und doch läßt man auf dem Schauplatz des Verbrechens etwas liegen, das weit belastender ist als der Leichnam selbst, denn es hätten die Züge des letzteren infolge der eintretenden Fäulnis rasch unkenntlich werden können; ich meine das Taschentuch mit dem Namen der Verstorbenen.

War dies ein Zufall, so ist er gewiß nur dann denkbar, wenn wir, anstatt einer Rotte von Buben, ein einziges Individuum annehmen. Lassen Sie uns einmal sehen. Ein einzelner hat den Mord begangen. Er befindet sich ganz allein dem Gespenst der Hingeschiedenen gegenüber. Entsetzt sieht er etwas Totes, Bewegungsloses vor sich liegen. Die Raserei seiner Leidenschaft ist vorüber, und in seinem Herzen ist Raum genug für den Schrecken, für das Entsetzen, das die Tat ihm natürlich einflößen muß. Er hat nicht jene kecke Zuversicht, die von dem Bewußtsein, daß noch viele da sind, unvermeidlich eingeflößt wird. Der Verbrecher sieht sich der Toten allein gegenüber. Er zittert und verliert die Besinnung. Gleichwohl liegt die Notwendigkeit vor, den Leichnam aus dem Weg zu räumen. Er trägt ihn also in den Fluß, läßt aber die anderen Schuldbeweise zurück; denn es ist schwer, wenn nicht unmöglich, auf einmal alles fortzuschaffen, auch ist es ja ein leichtes, das Zurückgelassene nachher zu holen. Aber während er mühsam dem Wasser zuwandert, verdoppeln sich seine Befürchtungen. Überall schlagen die Stimmen des Lebens an sein Ohr. Wohl zehn-, wohl hundertmal hört er Tritte oder glaubt welche zu hören. Selbst die Helligkeit der Lichter in der Stadt wirkt verwirrend auf ihn. Dennoch gelingt es ihm, nachdem er viele lange und ängstliche Pausen gemacht hat, das Flußufer zu erreichen, wo er sich vielleicht vermittels eines Bootes seiner gräßlichen Bürde entledigt. Aber welchen Schatz besitzt nun die Erde – welche Drohung konnte sie ihm entgegenhalten, daß er, der einsame Mörder, sich veranlaßt sähe, den mühe- und gefahrvollen Weg zu dem Dickicht mit seinen unheimlichen, das Blut erstarrenden Erinnerungen zurückzugehen? Nein, das tut er nicht: Er geht nicht mehr zu dem Dickicht zurück, mag da kommen, was da will. Selbst wenn er wollte, könnte er diesen Weg nicht mehr machen. Er denkt nur noch an baldige Flucht. Für immer kehrt er diesen unheimlichen, diesen entsetzlichen Gebüschen den Rücken zu und flieht, als wüßte er sich von der ganzen Hölle verfolgt.

Wie verhält sich aber die Sache, wenn das Verbrechen von einer Rotte von Buben ausgeführt wurde? Ihre Anzahl schon würde sie keck gemacht haben, wenn in der Brust eines durchaus rohen Gesellen es überhaupt je an Keckheit fehlte; und nur aus solchen durchaus rohen Gesellen können solche Rotten bestehen. Ihre Anzahl, sage ich, würde sie vor dem blinden Schrecken bewahrt haben, von dem ich angenommen habe, daß er ein einzelnes Individuum lähme. Könnten wir auch annehmen, daß ein, zwei, drei Leute etwas übersehen, so würde doch dieser Fehler durch einen vierten wiedergutgemacht werden. Es läßt sich also auch zuversichtlich annehmen, daß die die Rotte bildenden Menschen nichts zurückgelassen hätten, da ihre Anzahl es möglich gemacht haben würde, auf einmal alles fortzuschaffen. Sie hätten es nicht nötig gehabt, zu dem Dickicht zurückzukehren.

Bemerken Sie nun gefälligst den Umstand, daß an dem Kleid des aufgefundenen Leichnams ein etwa fußbreiter Streifen, vom Saum nach dem Leib aufwärts gerissen, dreimal um den Leib gewunden und hinten auf dem Rücken durch eine Art Schlinge befestigt war. Dies alles geschah offenbar in der Absicht, den Leichnam bequemer tragen zu können. Ich frage nun aber, ob eine Anzahl von Männern je auf den Gedanken gekommen wäre, zu einem solchen Mittel zu greifen? Wären es drei oder vier gewesen, so hätten sie die Leiche gut an den Gliedmaßen tragen können. Augenscheinlich konnte nur ein einzelner auf einen solchen Gedanken verfallen; und dies bringt uns zu dem Faktum, daß zwischen dem Dickicht und dem Fluß aus den Zäunen Stücke weggenommen und allenthalben auf dem

Boden Spuren zu sehen waren, die nur von einer Last herrühren konnten, die darauf fortgezogen wurde! Würde aber eine Anzahl von Männern sich die so ganz überflüssige Mühe genommen haben, Zäune auseinanderzunehmen, um einen Leichnam hinziehen zu können, der so leicht über jeden Zaun hätte hinweggehoben werden können?

Würde überhaupt eine Anzahl von Männern einen Leichnam so fortgezogen haben, daß deutliche Spuren davon zurückgeblieben wären?

Und hier müssen wir auf eine Bemerkung des *Commerce* zurückkommen – eine Bemerkung, zu der ich Ihnen bereits einiges gesagt habe. ‚Aus einem der Unterröcke des unglücklichen Mädchens‘, sagt das eben genannte Blatt, ‚war ein zwei Fuß langes und einen Fuß breites Stück ausgerissen, dann um ihren Hals gewunden und hinten an ihrem Kopf festgebunden worden, wahrscheinlich um ein Schreien unmöglich zu machen. Dies konnte nur von Burschen geschehen, die kein Taschentuch hatten.‘

Ich habe schon früher bemerkt, daß Lumpen und rohe Gesellen vom reinsten Wasser nie ohne ein Taschentuch sind. Aber nicht dieses Faktum ist es, worauf ich jetzt Ihre Aufmerksamkeit ganz besonders lenken möchte. Daß der bewußte Rockstreifen nicht aus Mangel an einem Taschentuch zu dem Zweck, den der *Commerce* annimmt, um den Hals gewunden war, ist schon daraus ersichtlich, daß man in dem Dickicht ein Taschentuch unbenutzt liegen ließ; und daß es nicht in der Absicht geschah, ein Schreien unmöglich zu machen, geht ferner daraus hervor, daß man lieber die Binde statt eines Gegenstandes benutzte, der weit zweckentsprechender gewesen wäre.

Aber es heißt in den Zeugenaussagen, der fragliche Streifen sei lose um den Hals gebunden und durch einen starken Knoten befestigt gewesen. Diese Worte sind zwar vage genug, doch weichen sie wesentlich von den Angaben des *Commerce* ab. Da der Streifen achtzehn Zoll breit war, konnte er auch, obgleich aus Musselin, ein starkes Band bilden, sobald er der Länge nach zusammengelegt oder zusammengedrückt war. Nun aber wurde er gerade in diesem Zustand gefunden. Ich schließe hieraus folgendes:

Nachdem der einsame Mörder vermittels des um den Leib gewundenen und durch eine Schlinge befestigten Bandes den Leichnam eine Weile getragen hatte (ob dies vom Dickicht oder einem anderen Orte aus geschah, wollen wir unerörtert lassen), fand er die Bürde allzuschwer. Er beschloß daher, den Leichnam auf dem Boden fortzuziehen; und daß dieser wirklich so fortgezogen wurde, dafür scheinen gute Beweise vorzuliegen. Wollte er letzteres aber tun, so mußte er notwendigerweise etwas Strickartiges an einer der Extremitäten festbinden.

Nirgends konnte dies besser geschehen als am Halse, wo der Kopf ein Hindernis war, daß es sich bald wieder loslöste. Und nun fiel dem Mörder der um die Lenden gewundene Rockstreifen ein. Diesen würde er benutzt haben, wäre er nicht um den Leichnam gebunden gewesen, hätte die Schlinge ihn nicht geniert und wäre ihm nicht eingefallen, daß der Streifen nicht vom Kleid abgerissen worden war. Leichter war es, aus dem Unterrock einen neuen Streifen auszureißen. Er riß also einen solchen aus, befestigte ihn um den Hals und zog so sein Opfer bis an das Flußufer fort. Daß dieses Band, das er nur mit Mühe und Zeitverlust bekommen konnte und seinem Zweck nur unvollkommen entsprach – daß, sage ich, dieses Band überhaupt gebraucht wurde, beweist nach meiner Ansicht eindeutig, daß seine Notwendigkeit sich erst dann zeigte, als das Taschentuch schon nicht mehr erreichbar war, das heißt, als der Mörder mit seinem Leichnam das Dickicht schon verlassen und eine Strecke zum Flußufer hin hinter sich hatte.

Aber, werden Sie mir entgegenhalten, Madame Deluc spricht in klaren Worten von einer Rotte Buben, die sich um die Zeit des Mordes in der Nähe des Dickichts umhertrieben. Dies gebe ich gern zu. Ich zweifle sogar, ob sich nicht ein Dutzend solcher Rotten um die Zeit, wo diese Tragödie spielte, in der Nähe der Barrière du Roule umhertrieben. Aber es ist die Rotte, die sich den Zorn der Madame Deluc zugezogen und sie zu einer etwas späten und höchst verdächtigen Aussage veranlaßt hat, die einzige Rotte, von der die ehrsame, skrupulöse alte Dame bemerkte, daß sie ihren Kuchen gegessen und ihren Branntwein getrunken hatte, ohne ans Zahlen zu denken.

Worauf läuft aber im Grunde die Aussage der Madame Deluc hinaus? ‚Es erschien eine Rotte roher, lärmender Gesellen, die sich Essen und Trinken schmecken ließen, das Zahlen jedoch vergaßen, denselben Weg einschlugen, den der junge Mann mit dem Mädchen genommen hatte, zur Zeit der Dämmerung im Gasthaus wieder erschienen und wieder über den Fluß hetzten, als ob sie große Eile hätten.‘

Nun aber mochte diese große Eile Madame Deluc größer vorkommen, als sie in Wahrheit war, da sie über ihren Kuchen und ihren Branntwein so sehr jammerte – Kuchen und Branntwein, für die sie immer noch einen Ersatz erwartet haben mochte. Warum sollte sie sonst, da es doch zur Zeit der Dämmerung war, den Punkt der Eile hervorheben? Es ist gewiß nicht zu verwundern, daß selbst eine Rotte Buben Eile hat, wieder heimzukommen, wenn man in einem kleinen Boot über einen breiten Fluß setzen muß, wenn ein Sturm bevorsteht, wenn die Nacht herankommt.

Ich sage: herankommt; denn erschienen war die Nacht noch nicht. Es dämmerte erst, als die unanständige Eile dieser ‚Bösewichter‘ die nüchternen Augen der Madame Deluc beleidigte.

Aber wir erfahren weiter, daß an diesem nämlichen Abend Madame Deluc und ihr ältester Sohn die Schreie einer Frau in der Nähe des Gasthauses hörten. Und mit welchen Worten bezeichnet Madame Deluc die Abendzeit, um welche dies Geschrei sich vernehmen ließ? ‚Es war bald, nachdem es dunkel geworden war', sagte sie, worauf ich erwiderte, daß es zu diesem Zeitpunkt wenigstens dunkel ist; und ebenso gewiß wird durch den Ausdruck ‚zur Zeit der Dämmerung' angezeigt, daß es noch hell war. So ist denn klar genug, daß die Rotte die Barrière du Roule verließ, noch ehe Madame Deluc das Geschrei hörte (oder erlauschte?). Und obgleich in den vielen Zeitungsberichten die Zeugenaussagen genauso stehen, wie ich selbst sie hier angeführt habe, so haben doch keins der öffentlichen Blätter noch einer der zahllosen Polizeiagenten auf den groben Widerspruch hingedeutet, der hier zutage tritt.

Zu den vielen Gründen, die wider eine Rotte sprechen, will ich nur noch einen hinzufügen; dieser eine jedoch hat viel Gewicht: Da eine so große Prämie angeboten und dem, der für die öffentliche Anklage als Zeuge auftritt, volle Begnadigung verheißen ist, läßt es sich auch nicht einen Augenblick denken, daß von einer Rotte gemeiner Gesellen oder überhaupt von einer Anzahl beteiligter Menschen nicht schon längst dieser oder jener aufgestanden wäre, um an seinen Mitschuldigen zum Verräter zu werden.

Jeder, der zu einer solchen Rotte gehört, will nicht sowohl eine Belohnung erhaschen als ungeschlagen wegkommen: Er fürchtet die Verräter. Und um nicht selbst verraten zu werden, wird er bald und gern zum Verräter. Daß das Geheimnis immer noch ein Geheimnis ist, das gibt uns den besten Beweis, daß in Wahrheit hier ein Geheimnis vorliegt. Es ist die schwarze Tat nur einem oder höchstens zwei menschlichen Wesen sowie Gott bekannt.

Nun wollen wir die zwar spärlichen, aber um so zuverlässigeren Ereignisse unserer langen Analyse zusammenfassen. Wir haben so viel herausgebracht, daß entweder unter Madame Delucs Dach ein Unglück passiert oder in dem Dickicht unweit der Barrière du Roule von einem Liebhaber oder wenigstens von einem geheimen, intimen Bekannten der Verstorbenen ein Mord verübt worden ist. Dieser Bekannte ist von schwärzlichem Teint. Nun aber deuten dieser Teint, die Schlinge an dem Bande und der Seemannsknoten an den beiden Hutbändern auf einen Seemann hin. Daß dieser Seemann mit der Verstorbenen, einem lebenslustigen, aber keineswegs verworfenen jungen Geschöpfe bekannt war, zeigt, daß dieser intime Bekannte kein gemeiner Matrose gewesen sein kann. Was uns in dieser Annahme noch mehr bestärken muß, das sind die gut und energisch geschriebenen Mitteilungen, mit denen er die Blätter der Hauptstadt bedacht hat. Der Umstand, daß in der vom *Mercure* erwähnten Weise schon früher ein Verschwinden stattgefunden hat, macht es sehr wahrscheinlich, daß der Seemann, den wir jetzt im Auge haben, dieselbe Person ist wie der Marineoffizier, von dem man weiß, daß er mit der Unglücklichen früher allzu vertrauten Umgang gepflogen hat.

Und hier ist der passendste Ort, das fortwährende Nichterscheinen des Mannes mit dem schwärzlichen Teint ins Auge zu fassen. Wir wissen, daß sein Teint dunkel und schwärzlich ist; sowohl Valance als Madame Deluc ist nur so viel erinnerlich, daß dieser Teint etwas ungewöhnlich Schwärzliches gehabt habe. Nun aber frage ich, warum dieser Mann immer noch nicht zum Vorschein kommt. Wurde er von der vielbesprochenen Rotte ermordet? Und wenn das der Fall war, so frage ich weiter: Warum hat man nur von dem ermordeten Mädchen Spuren gefunden? Natürlich wird man für den Schauplatz der beiden Verbrechen nur einen und denselben Ort zu suchen haben. Und wo ist sein Leichnam? Höchstwahrscheinlich hatten die Mörder beide Leichname in der gleichen Weise aus dem Weg geschafft.

Aber, wird man sagen, es ist dieser Mann noch am Leben, und weil er fürchtet, des Mordes angeklagt zu werden, so schreckt er davor zurück, aus dem Dunkel hervorzutreten, das ihn jetzt birgt. Allerdings könnte eine solche Rücksicht jetzt bestimmend für ihn sein, da Zeugenaussagen vorliegen, wonach er mit Marie gesehen wurde; zur Zeit jedoch, als das Verbrechen verübt wurde, hätte eine solche Rücksicht für ihn nicht bestanden. Ein Unschuldiger hätte vor allem das Verbrechen angezeigt und mitgeholfen, die Bösewichter zu ergreifen. Das würde schon die Klugheit geboten haben. Man hatte ihn in der Gesellschaft des Mädchens gesehen. Er war mit ihr in einer offenen Fähre über den Fluß gefahren. Selbst ein Blödsinniger würde in einer Denunziation der Mörder das sicherste und einzige Mittel, sich von allem Verdacht zu reinigen, erblickt haben. Wir können nicht annehmen, daß er in der Nacht des unheilvollen Sonntags selbst nichts verbrochen oder, wenn dies nicht der Fall ist, daß er um das von anderen ausgeführte Verbrechen nicht gewußt hat. Und doch läßt es sich nur unter solchen Umständen denken, daß er, wenn er noch am Leben ist, es unterlassen hat, den Mörder anzugeben.

Und welche Mittel stehen uns zu Gebot, die Wahrheit herauszubringen? Je weiter wir gehen, um so klarer, um so zahlreicher werden sich die Mittel uns darbieten. Ergründen wir die Affaire des ersten Verschwindens des Mädchens. Suchen wir die ganze Lebensgeschichte des Offiziers sowie dessen damalige Lebensverhältnisse zu erfahren, und suchen wir herauszubringen, wo er an dem Tag des Mordes gewesen ist. Vergleichen wir die verschiedenen Mitteilungen miteinander, welche die Abendzeitung erhalten hat und deren Zweck war, eine Rotte von Buben als die wahren Verbrecher zu bezeichnen. Ist dies geschehen, so wollen wir in bezug auf Stil und Handschrift die Mitteilungen, die der Abendzeitung zugekommen sind, mit denen vergleichen, die das Morgenblatt schon früher erhalten hat und in denen in so heftiger Weise Mennais als der schuldige Teil angeklagt wurde. Und ist auch dies geschehen, so wollen wir wieder diese verschiedenen Mitteilungen mit einigen authentischen Schriftstücken des Offiziers vergleichen. Suchen wir durch wiederholtes Verhören der Madame Deluc und ihrer Knaben sowie nicht minder des Omnibuskutschers Valence etwas Näheres über das Äußere, die Haltung, das Gebaren des Mannes mit dem schwarzen Teint zu erfahren. Geschickt gestellte Fragen können nicht verfehlen, über diesen besonderen Punkt sowie noch über viele andere manches Neue zutage zu fördern, von dem die oben genannten Personen wohl selbst kaum wissen, daß es ihnen bekannt ist. Endlich wollen wir von dem Boot, das der Schiffer am Morgen des 23. Juni (eines Montags) aufgebracht hatte und das von der Station der dem Zollamt gehörigen Barken ohne Wissen des wachhabenden Beamten sowie ohne das Ruder wieder weggebracht wurde – endlich, sage ich, wollen wir von diesem Boot Spuren aufzufinden suchen, die älter sind als die Auffindung des Leichnams. Es wird dies uns, es muß dies uns gelingen, wenn wir es an der nötigen Vorsicht und Ausdauer nicht fehlen lassen; denn nicht allein ist der Schiffer da, der das Boot aufgebracht hat und genau kennt, sondern wir haben auch noch das Ruder. Sicherlich wäre das Ruder eines Segelbootes von einem Menschen, der sich nichts vorzuwerfen hat, nicht so ohne weiteres zurückgelassen worden. Hier muß ich noch etwas fragen: daß dieses Boot aufgebracht wurde, wurde nirgends bekanntgegeben. Es wurde in aller Stille nach der erwähnten Station gebracht, und ebenso verschwand es auch von dort wieder. Wie konnte nun der Mann, der es besaß oder gebrauchte – wie konnte er schon Dienstag morgens den Ort kennen, wohin am Montag das Boot gebracht worden war? Müssen wir, da dem Publikum von der Auffindung des Bootes gar keine Anzeige gemacht wurde, nicht annehmen, es stehe der Mann, der es von der Station wieder fortgeschafft hat, mit der Marine in beständiger Verbindung, wodurch es ihm möglich wird, alles zu erfahren, was dieselbe angeht?

Weiter oben habe ich bereits gesagt, daß der einsame Mörder, nachdem er seine Bürde zum Ufer gezogen hatte, sich höchstwahrscheinlich eines Bootes bedient habe. Ich stelle mir nämlich vor, daß Marie Rogêt aus einem Boot in den Fluß geworfen wurde, da der Leichnam dem seichten Wasser am Ufer nicht gut anvertraut werden konnte. Dies ist in meinen Augen die plausibelste Erklärung. Auch bestärken mich in dieser Ansicht die eigentümlichen Spuren, die man auf dem Rücken und an den Schultern des Opfers bemerkte – Spuren, die von den unteren Rippen eines Bootes erzählen. Auch der Umstand, daß der Leichnam unbelastet gefunden wurde, bestärkt mich in meiner Ansicht. Wäre er vom Ufer aus in das Wasser geworfen worden, so hätte es der Mörder sicherlich nicht unterlassen, ihn zu beschweren. Daß letzteres nicht geschah, läßt sich nur dann erklären, wenn wir annehmen, er habe vergessen, sich mit Steinen und dergleichen zu versehen, bevor er vom Ufer abstieß. Im Begriff, den Leichnam dem Wasser zu übergeben, mußte er dieses Versehen natürlich bemerken; aber nun war es zu spät, es wiedergutzumachen. Lieber setzte er sich jeder Gefahr aus, als daß er nach dem verwünschten Ufer zurückfuhr. Nachdem der Mörder sich aber seiner grausigen Bürde entledigt hatte, mußte er eilends in die Stadt zurückgehen, dort konnte er an einem weniger belebten Anlegeplatz an Land springen. Aber das

Boot? Mußte er es festbinden? Dazu hatte er zu große Eile. Auch mußte, indem er das Boot an dem Anlegeplatz festband, es ihm scheinen, als liefere er dadurch sich selbst aus. Konnte doch das Boot sein gefährlichster Ankläger werden. Mithin mußte es ihm auch wünschenswert erscheinen, alles, was in irgendeiner Beziehung zu dem Verbrechen stand, möglichst rasch und möglichst weit zu entfernen. Nicht allein mußte er, am Anlegeplatz angelangt, fliehen, sondern er durfte auch das Boot nicht dort lassen. Sicherlich mußte es ihm als das geratenste erscheinen, es der Strömung zu überlassen.

Denken wir uns noch mehr in die Lage des Mörders hinein.

Am anderen Morgen erfaßt den Elenden unaussprechliches Entsetzen, als er findet, daß das Boot aufgebracht wurde und an einem Ort liegt, wohin ihn vielleicht sein Beruf täglich führt. Was tut er also? Er schafft schon in der folgenden Nacht das Boot wieder fort, ohne auch nur nach dem Ruder zu fragen.

Wo ist nun dieses seines Ruders bare Boot? Das wollen wir vorerst uns angelegen sein lassen, herauszubringen. Sobald wir hier klarzusehen beginnen, sind wir des Erfolges gewiß. Dieses Boot wird uns mit einer selbst für uns erstaunlichen Geschwindigkeit zu dem Mann führen, der es an dem Abend des unseligen Sonntags zu seinen Zwecken benutzt hat. Beweise werden auf Beweise folgen, und so kann es denn nicht fehlen, daß wir den Mörder ausfindig machen."

Der hier von Dupin gegebene Fingerzeig wurde benutzt, und wir können zum Schluß noch sagen, daß das gewünschte Resultat wirklich erreicht wurde und daß der Polizeipräfekt die Bedingungen des mit dem Chevalier eingegangenen Vertrags pünktlich, wenn auch nur ungern erfüllte.

Der entwendete Brief

Nil sapientiae odiosins acumine nimio.
Seneca
Allzu gescheite Leute sind dem Weisen verhaßt
und kommen selten zu ihrem Ziele.

Es hatte sich über Paris nach einem windigen Herbstnachmittag des Jahres 18.. soeben der Abend ausgebreitet, und ich saß, meinen Gedanken Audienz gebend und eine Meerschaumpfeife rauchend, bei meinem Freund C. Auguste Dupin in seinem auf den Hof hinausgehenden Bibliothekzimmerchen, das sich im dritten Stockwerk des Hauses Nr. 33, Rue Dunôt, Faubourg Saint Germain, befand.

Wenigstens eine Stunde lang war zwischen uns beiden auch nicht ein Wort gewechselt worden. Dagegen hätte ein zufälliger Beobachter auf den Gedanken kommen können, jeder von uns verfolge mit der größten Aufmerksamkeit und ausschließlich die sich kräuselnden und windenden Rauchsäulen, die das Zimmer anfüllten. Ich selbst indessen dachte gewisse Themata durch, die zu einer früheren Stunde des nämlichen Nachmittags von uns durchgesprochen worden waren. Ich meine die Affaire der Rue Morgue und das Geheimnis, in das der an Marie Rogêt verübte Mord immer noch gehüllt war. Ich sah es daher als eine Art von der Vorsehung bestimmten Zusammentreffens an, als auf einmal unsere Zimmertür aufflog und ein alter Bekannter von uns, Herr G.., Präfekt der Pariser Polizei, eintrat.

Wir hießen ihn herzlich willkommen, denn es hatte der Mann des Belustigenden ebensoviel als des Verächtlichen an sich, und dann hatten wir uns auch schon seit langer Zeit nicht mehr gesehen. Wir hatten im Finstern gesessen, und schon stand Dupin auf, um eine Lampe anzuzünden, als er, ohne es getan zu haben, sich wieder setzte, da G.. sagte, er sei gekommen, um sich bei uns Rat zu holen oder, richtiger gesprochen, um sich die Ansicht meines Freundes über ein amtliches Geschäft zu erbitten, das ihm – dem Präfekten – schon viel zu schaffen gemacht hatte.

„Ist es etwas, was Nachdenken erheischt", bemerkte Dupin, indem er es unterließ, den Docht anzuzünden, „so können wir es im Finstern besser untersuchen."

„Das ist so eine Ihrer wunderlichen Ansichten", sagte der Präfekt, der gewohnt war, alles ‚wunderlich' zu nennen, was über seinen Horizont hinausging, und so in einer Welt von ‚Wunderlichkeiten' lebte.

„Das kann ich nicht leugnen", entgegnete Dupin, indem er dem eben Eingetretenen eine Pfeife anbot und ihm zu gleicher Zeit einen Lehnsessel hinrollte.

„Und was drückt Sie jetzt?" fragte ich. „Hoffentlich ist nun von keinem Morde mehr die Rede."

„Nein, diesmal komme ich mit nichts dergleichen. Ich muß gestehen, es ist die Sache an und für sich so außerordentlich einfach, daß wir selbst ohne Zweifel damit fertig zu werden imstande sind; nur meinte ich, daß Dupin froh sein würde, das Nähere von der Sache zu hören, da diese so höchst wunderlich ist."

„Ihre Sache ist also einfach und wunderlich?" fragte Dupin.

„Ja, ja, und doch ist sie, genau betrachtet, weder das eine noch das andere. Tatsache ist es, daß wir uns alle den Kopf darüber nicht wenig zerbrochen haben, da die Sache so einfach ist und dennoch aller unserer Bemühungen spottet."

„Vielleicht ist es gerade die Einfachheit der Sache, die Sie irreführt", sagte mein Freund.

134

„Was für dummes Zeug Sie da sprechen!" erwiderte der Präfekt, sich vor Gelächter ausschüttend.

„Ich meine, es sei das Geheimnis vielleicht ein bißchen zu durchsichtig", erläuterte Dupin.

„O gütiger Himmel! Wer hat je schon eine solche Ansicht aussprechen hören?"

„Es sei die Sache etwas zu klar."

„Ha! ha! ha! – ha! ha! ha! – ho! ho! ho!" lachte der Präfekt höchlich belustigt. „O Dupin, ich sage Ihnen, Sie sind noch schuld an meinem Tod."

„Aber um was handelt es sich denn eigentlich?" fragte ich.

„Das will ich Ihnen sagen", antwortete der Präfekt, während er beschaulich vor sich hinpaffte und es sich in seinem Sessel bequem machte. „Ich will es Ihnen mit ein paar Worten sagen; ehe ich aber anfange, muß ich bemerken, daß die Sache gar nicht geheim genug gehalten werden kann und daß ich höchstwahrscheinlich meine Stelle verlieren würde, wenn es herauskäme, daß ich mit jemandem über diese Angelegenheit gesprochen habe."

„Fahren Sie fort", sprach ich.

„Oder nicht", ließ sich Dupin vernehmen.

„So hören Sie denn, meine Herren: Ich bin an höchster Stelle darauf aufmerksam gemacht worden, daß ein gewisses Dokument von höchster Wichtigkeit aus dem königlichen Residenzschloß entwendet worden ist. Man kennt das Individuum, das den Diebstahl sich hat zuschulden kommen lassen, das leidet keinen Zweifel; denn man hat den Dieb das Dokument nehmen sehen. Auch weiß man, daß dieses Dokument immer noch in seinem Besitz ist."

„Wie weiß man das?" fragte Dupin.

„Man schließt es aus der Natur des Dokuments sowie nicht minder daraus, daß gewisse Resultate nicht zum Vorschein kommen, die nicht ausbleiben könnten, ja, die alsbald sich zeigen müßten, wenn es aufhörte, in den Händen des Diebes zu sein; das heißt, wenn er davon den Gebrauch macht, den er letzten Endes beabsichtigen muß."

„Sprechen Sie sich etwas deutlicher aus", sagte ich.

„Nun, so viel darf ich Ihnen wohl schon sagen, daß das Dokument seinem dermaligen Besitzer eine gewisse Macht verleiht an einem Ort, wo solche Macht von unendlichem Wert ist."

Wie man sieht, so verstand der Präfekt auch das Kauderwelsch der Diplomaten.

„Aber ich verstehe noch nicht recht", sprach Dupin.

„Sie verstehen immer noch nicht recht? So will ich Ihnen noch mehr sagen: Würde das Dokument einer dritten Person, die ungenannt bleiben soll, übergeben, so müßte die Ehre einer Person von höchstem Rang gefährdet werden, und eben das ist es, was dem Besitzer des Dokumentes solche Macht in die Hand gibt, daß er über die Ehre und die Ruhe einer höchstgestellten Person gebietet."

„Aber es wird diese Macht", bemerkte ich dagegen, „davon abhängen, ob der Dieb auch weiß, daß die Person, der das Dokument gestohlen worden ist, ihn – den Dieb – kennt. Wer würde sich aber unterstehen . . ."

„Der Dieb", fiel G . . . mir ins Wort, „ist kein anderer als der Minister D . . ., der alles wagt, was einem Manne ziemt und nicht ziemt. Die Art und Weise, wie der Diebstahl verübt wurde, war ebenso sinnreich als kühn. Es war das fragliche Dokument – ein Brief, wenn ich Ihnen alles sagen soll – der bestohlenen Person zugegangen, während sie sich allein im königlichen Boudoir aufhielt. Und während sie es las, wurde sie ganz unerwartet durch das Hereintreten der anderen hohen Person gestört, vor der sie es ganz besonders geheimhalten muß. Nachdem sie in der Eile, aber vergeblich versucht hatte, den Brief in eine Schublade hineinzuwerfen, mußte sie ihn, offen, wie er war, auf den Tisch hinlegen. Indessen lag die Adresse zuoberst, und da der Inhalt somit verborgen war, wurde der Brief nicht weiter beachtet.

So standen also die Sachen, als der Minister D . . . eintrat. Alsbald nahm sein Luchsauge das bewußte Papier wahr; er erkannte die Handschrift und bemerkte zugleich die Verwirrung der hohen Person, deren Adresse der Brief trägt. Mit einem Blick durchschaute der Minister alles.

Nachdem er etliche Geschäfte abgemacht hatte – und zwar in der gewohnten raschen Weise – zog er einen Brief heraus, der dem bewußten einigermaßen ähnlich war, machte ihn auf, stellte sich, als ob er ihn läse, und legte ihn dann dicht neben den anderen hin. Nun sprach er wieder eine Viertelstunde oder länger über die öffentlichen Angelegenheiten. Endlich beurlaubte er sich und nahm zugleich von dem Tisch den Brief, auf den er kein Recht hatte. Die Person, der er rechtmäßig gehörte, sah das, wagte es aber natürlich nicht, den Minister zu hindern, da die andere hohe Person ganz in der Nähe stand. Der Minister aber ging weg und ließ anstatt des mitgenommenen Briefes einen anderen durchaus unwichtigen auf dem Tisch liegen."

„Hier hätten Sie also", sagte Dupin zu mir, „genau das, was Sie verlangen, um die Macht des Diebes zu einer vollständigen zu machen, das heißt, es weiß der Dieb, daß die Person, der er den Brief gestohlen hat, ihn kennt."

„So ist es", erwiderte der Präfekt, „und nun will ich Ihnen weiter sagen, daß die auf diese Weise erlangte Macht schon seit einigen Monaten in höchst gefährlicher Weise zur Erreichung politischer Zwecke ausgebeutet worden ist. Jeden Tag ist die in so frecher Art bestohlene hohe Person mehr überzeugt, daß dem Dieb der Brief wieder abgejagt werden muß oder, um mich richtiger auszudrücken, daß sie den Brief wieder in die Hände bekommen muß, denn offene Gewalt darf natürlich nicht angewendet werden. Kurz, sie hat in ihrer Verzweiflung die ganze Sache mir überlassen."

„Und darin hat sie wohlgetan", sagte Dupin, sich in eine undurchdringliche Rauchwolke hüllend, „denn ein scharfsinnigerer Agent dürfte nicht gewünscht oder auch nur gedacht werden können."

„Da schmeicheln Sie mir ein bißchen zu stark", antwortete der Präfekt schmunzelnd; „indessen ist es wohl möglich, daß man wirklich eine solche Meinung von mir gehegt hat."

„So viel ist klar", meinte ich, „daß der Brief, wie Sie selbst bemerkt haben, noch zu dieser Stunde in den Händen des Ministers sein muß, da dieser Besitz und nicht diese oder jene Anwendung des Briefes es ist, was ihm eine solch exorbitante Macht verleiht. Mit dem Augenblick, dem er von dem Brief Gebrauch macht, hat auch seine Macht aufgehört."

„Getroffen", sprach der Polizeipräfekt, „und von dieser Überzeugung ließ ich mich leiten. Zuerst ließ ich mir angelegen sein, das Palais des Ministers von oben bis unten und von unten bis oben zu durchsuchen; und bei diesem Geschäft lag die größte Verlegenheit für mich in der Notwendigkeit, es ohne sein Wissen zu durchsuchen. Vor allem hat man mich auf die Gefahr aufmerksam gemacht, in welche die bewußte hohe Person kommen könnte, wenn man dem Minister durch irgend etwas Anlaß gäbe, unser Vorhaben zu mutmaßen."

„Aber", sagte ich, „was solche Nachforschungen betrifft, so sind sie ganz *au fait*. Es hat die Pariser Polizei schon oft sich mit solchen Dingen zu befassen gehabt."

„O ja, und eben das ist der Grund, warum ich nicht verzweifelte. Auch war ich durch die Lebenweise des Ministers bedeutend im Vorteil. Er bleibt oft die ganze Nacht aus. Seine Dienerschaft ist keineswegs zahlreich. Auch schläft dieselbe ziemlich weit ab von den Zimmern des Herrn; und endlich besteht sie hauptsächlich aus Neapolitanern, die man leicht betrunken machen kann. Wie Ihnen bekannt sein wird, besitze ich Schlüssel, mit denen ich jedes Zimmer und jedes Kabinett in Paris öffnen kann. Seit drei Monaten ist kaum eine Nacht verstrichen, wo ich nicht persönlich im ministeriellen Palais gewesen wäre, um die Nachforschungen zu leiten. Es steht meine Ehre auf dem Spiel, und endlich ist die versprochene Belohnung ungewöhnlich groß. Und so gab ich denn meine Nachforschungen nicht eher auf, als bis ich mich vollkommen überzeugte, daß der Dieb schlauer ist als ich. Ich denke, ich habe jede Ecke und jeden Winkel des Hauses durchsucht, wo ein Papier sich irgend verbergen läßt."

„Ist es aber nicht möglich", wandte ich ein, „daß der Brief, wenn er auch noch zu dieser Stunde im Besitz des Ministers ist – was mir unzweifelhaft scheint –, anderswo verborgen worden ist?"

„Es ist dies kaum möglich", sagte Dupin. „Die gegenwärtige eigentümliche Lage der Dinge, insbesondere aber die Intrige, in die D . . . bekanntermaßen verwickelt ist, möchten es rätlich erscheinen lassen, das Dokument nicht aus den Händen zu geben oder, richtiger gesprochen, es immer in der Nähe zu haben, damit es jeden Augenblick vorgezeigt werden kann – ein Punkt, der fast ebenso wichtig ist als der Besitz selbst."

„Damit es jeden Augenblick vorgezeigt werden kann?" fragte ich erstaunt.

„Das heißt, daß es jeden Augenblick vernichtet werden kann", antwortete Dupin.

„Ganz richtig", bemerkte ich, „das Papier ist also offenbar noch im Hause des Ministers. Daß der Minister es aber nicht bei sich trägt, dürfen wir als ausgemacht ansehen."

„Getroffen", antwortete der Präfekt. „Es ist ihm schon zweimal nachgestellt worden, und die unter meiner Oberleitung vorgenommene strenge Durchsuchung seiner Person hat ganz und gar kein Resultat geliefert. Ich hatte nämlich einige von meinen Leuten aufgestellt, die ihn nach der Art von Straßenräubern anfallen und plündern mußten."

„Diese Mühe hätten Sie sich wohl ersparen können", erwiderte Dupin. „Der Minister D . . . ist, denke ich, kein ganzer Narr, und ist er das nicht, so muß er diese Nachstellungen als eine nicht außer acht zu lassende Eventualität mit in seine Rechnung aufgenommen haben."

„Kein ganzer Narr, sagen Sie?" sagte G . . . „Aber er ist ein Dichter, und ein Dichter kommt nach meiner Ansicht gleich neben einem Narren."

„Hier mögen Sie recht haben", meinte Dupin, nachdem er seiner Meerschaumpfeife eine gewaltige Rauchwolke entlockt hatte, „wenn ich auch selbst bekennen muß, daß ich mich einiger Knüttelverse schuldig gemacht habe."

„Wie wäre es, Herr Präfekt, wenn Sie uns die näheren Umstände und die Ergebnisse Ihrer Nachforschungen mitteilten?" hob ich wieder an.

„Ich kann nur so viel sagen, daß wir uns Zeit nahmen und überall, überall suchten. In solchen Dingen habe ich große Erfahrung. Ich ließ ein Zimmer nach dem anderen durchsuchen, und zwar verwandte ich immer die Nächte einer ganzen Woche auf die Durchforschung eines Zimmers. Zuerst untersuchten wir die Möbel eines jeden Zimmers. Wir öffneten jede Schublade, und Sie werden wohl wissen, daß für einen gehörig dressierten Polizeiagenten ein Geheimfach nicht existiert. Derjenige ist ein Dummkopf, der bei solchen Nachforschungen ein sogenanntes Geheimfach sich entgehen läßt. Es ist die Sache so klar und einfach. In jedem Zimmer, in jedem Kabinett ist so und so viel

140

Raum enthalten, und von diesem muß ein geschickter Polizeimann sich Rechenschaft geben. Und ferner haben wir so genaue Maßstöcke, daß uns nicht einmal der fünfte Teil einer Linie entgehen kann. Nach den Kabinetten gingen wir an die Stühle. Wir untersuchten die Kissen und Polster mit den dünnen, langen Nadeln, die Sie mich haben anwenden sehen. Von den Tischchen nahmen wir die Platten weg."

„Warum das?"

„Zuweilen nimmt die Person, die etwas zu verbergen wünscht, von einem Tisch oder einem anderen in ähnlicher Weise zusammengesetzten Möbel die Platte weg; ist dieses geschehen, so wird der Fuß ausgehöhlt, der zu verbergende Gegenstand in das ausgebohrte Loch gelegt und dann die Platte wieder befestigt. In gleicher Weise wird auch das obere und untere Ende der Bettpfosten benutzt."

„Könnte aber das ausgebohrte Loch nicht durch Sondieren entdeckt werden?" fragte ich.

„Keineswegs, wenn der im Loch verborgene Gegenstand gehörig mit Baumwolle umwickelt ist. Auch müssen Sie bedenken, daß wir bei unserem Geschäft möglichst still verfahren müssen."

„Sie können doch aber nicht alle Möbel auseinandergenommen haben, worin man das Dokument in der von Ihnen angegebenen Weise hätte verbergen können. Es kann ein Brief zu einer dünnen, spiralförmigen Rolle gerollt werden, die in Gestalt und Größe von einer großen Stricknadel nicht sehr verschieden ist, und in solcher Form könnte er dann zum Beispiel in den Arm, den Fuß, die Leiste eines Stuhls hineingesteckt werden. Sie werden doch nicht alle Stühle auseinandergenommen haben?"

„Gewiß nicht; doch wir haben mehr getan, indem wir vermittels eines sehr scharfen Mikroskops sämtliche Holzbestandteile der Stühle, die sich im Palais befanden, sowie nicht minder alle Fugen der übrigen Möbel, welche das Palais enthält, untersucht haben. Hätten sich Spuren davon gezeigt, daß mit diesen Möbeln in jüngster Zeit irgendeine Veränderung vorgenommen wurde, so hätte uns das keinen Augenblick entgehen können. So hätten wir zum Beispiel ein Stäubchen Holzmehl so gewiß entdeckt, als wenn ein Apfel vor uns gelegen hätte. Jede Veränderung an den zusammengeleimten Stellen, jedes ungewöhnliche Auseinanderstehen der Fugen hätte sicher zur Entdeckung des Dokuments geführt."

„Vermutlich haben Sie sich auch die Spiegel zwischen den Rahmen und dem Glase angeschaut und die Betten, die Bettücher, die Vorhänge und die Teppiche untersucht."

„Natürlich; und als wir so mit jedem Stück Möbel fertig waren, untersuchten wir das Haus selbst. Die ganze Oberfläche des letzteren teilten wir in Felder, die wir genau zählten; darauf untersuchten wir im Haus jeden Quadratzoll mit dem Mikroskop, und nicht allein dies machten wir, sondern wir untersuchten auch in gleicher Weise die beiden nebenan stehenden Häuser."

„Sie haben auch die beiden nebenan stehenden Häuser untersucht!" rief ich erstaunt aus. „Aber das muß Ihnen wahrlich nicht wenig Mühe gemacht haben."

„Das ist allerdings wahr; indessen müssen Sie bedenken, daß auch die versprochene Belohnung ungeheuer groß ist."

„Sie haben auch den freien Raum um die Häuser zum Gegenstand Ihrer Nachforschungen gemacht?"

„Dieser freie Raum ist durchweg mit Backsteinen gepflastert. Wir hatten damit verhältnismäßig nur wenig Mühe. Wir untersuchten das Gras und das Moos zwischen den Backsteinen und fanden nichts Verdächtiges."

„Natürlich haben Sie auch D . . .s Papiere sowie die Bücher, welche seine Bibliothek bilden, durchsucht?"

142

„Ei freilich; wir machten jeden Pack, jedes Päckchen, jedes Konvolut auf; nicht allein öffneten wir jedes Buch, sondern wir kehrten auch in jedem Buch jedes Blatt um und begnügten uns nicht nach der Art einiger unserer Offizianten mit einem bloßen Schütteln. Ferner maßen wir möglichst genau die Dicke jedes Einbandes. Wäre in jüngster Zeit etwas verändert worden, so hätten wir das alsbald wahrnehmen müssen. Fünf bis sechs Bände, die eben vom Buchbinder gekommen waren, untersuchten wir sorgfältigst der Länge nach mit den Nadeln."

„Sie haben auch den Fußboden unter den Teppichen untersucht?"

„Ohne allen Zweifel. Wir nahmen jeden Teppich weg und untersuchten die den Fußboden bildenden Bretter mit dem Mikroskop."

„Und die Tapeten an den Wänden?"

„Ebenfalls."

„Sie haben sich auch in den Kellern umgesehen?"

„Natürlich."

„Wenn das so ist", sagte ich, „haben Sie sich eben verrechnet, indem sie glaubten, daß der Brief im Hause wäre."

„Ich fürchte selbst, daß Sie hier recht haben", ließ sich der Präfekt vernehmen. „Nun aber sagen Sie, Dupin, was Sie mir raten."

„Sie müssen eben die Lokalitäten noch einmal durchsuchen."

„Es würde dies durchaus zu keinem anderen Resultat führen", meinte G . . . „Daß der Brief nicht in dem Ministerpalais ist, dessen bin ich jetzt so gewiß wie meiner eigenen Existenz."

„Einen besseren Rat kann ich Ihnen nicht geben", sagte Dupin. „Sie haben natürlich ein genaues Signalement von dem Brief, den Sie suchen?"

„Gewiß."

Hier zog der Polizeipräfekt aus einer Tasche ein Notizbuch hervor und gab uns eine genaue Beschreibung des inneren, hauptsächlich aber des äußeren Aussehens des fehlenden Dokumentes. Bald nachdem er uns dieses Signalement mit lauter Stimme vorgelesen hatte, beurlaubte er sich, und noch nie hatte ich den guten Herrn so niedergeschlagen gesehen wie in dem Augenblick, als er ging.

Etwa einen Monat darauf kam er wieder und fand uns etwa in gleicher Weise wie damals beschäftigt. Er nahm ohne Anstand eine Pfeife an, setzte sich und begann von etwas Gleichgültigen zu sprechen.

Endlich sagte ich: „Herr Polizeipräfekt, wie steht es mit dem entwendeten Brief?"

„Ich habe, Dupins Rat befolgend, die Lokalitäten nochmals durchsuchen lassen; jedoch es war verlorene Mühe, wie ich schon vorher wußte", entgegnete der Präfekt düster.

„Wie groß, sagten Sie, ist die ausgesetzte Belohnung?" fragte Dupin.

„Je nun, die Belohnung ist eine sehr große – eine sehr schöne. Wie groß sie wirklich ist, mag ich jetzt nicht sagen; nur so viel will ich bemerken, daß ich jedem, der mir zu diesem Brief verhelfen könnte, gern eine auf fünfzigtausend Francs lautende Anweisung auf meinen Bankier gebe. Denn Sie müssen wissen, daß die Sache mit jedem Tag wichtiger wird; und darum ist denn auch in jüngster Zeit die ausgesetzte Belohnung verdoppelt worden. Würde sie aber auch aufs Dreifache erhöht, so könnte ich dennoch nicht mehr tun, als bis jetzt von mir geschehen ist."

„Ich kann Ihnen nicht verhehlen", sagte Dupin paffend und seine Worte in höchst ungewöhnlicher Weise dehnend, „daß nach meiner Ansicht von Ihrer Seite nicht alles geschehen ist, was da hätte geschehen können. Sie könnten noch mehr tun, meine ich. Was sagen Sie dazu, Herr Präfekt?"

„Wie verstehen Sie das? In welcher Weise könnte ich mehr tun?"

„Je nun – paff, paff – Sie könnten – paff, paff – sich bei jemandem Rat holen, he? – paff, paff, paff. Kennen Sie die Geschichte, die man sich von Abernethy erzählt?"

„Nein; was scher' ich mich um Abernethy!"

„Ei, ei, nur nicht so stolz und absprechend! Aber hören Sie! Es kam einmal einem reichen Geizhals in den Kopf, diesen Abernethy zu konsultieren, und zwar so, daß es nichts kosten sollte. Zu diesem Zweck verwickelte der Geizhals den berühmten Arzt in einer Gesellschaft in ein ganz gewöhnliches Gespräch und sprach von seinem Fall als dem eines fingierten Individuums.

,Wir wollen annehmen', sprach der Geizhals, ,es seien seine Symptome von der und der Art; was würden Sie ihm nun verordnet haben, Herr Doktor?'

,Was ich ihm verordnet haben würde?' sprach Abernethy. ,Ei, nichts anderes, als daß er einen guten Arzt konsultieren solle.'"

„Aber", meinte der Präfekt etwas verblüfft, „ich bin ja durchaus gewillt, mir raten zu lassen und diesen guten Rat zu bezahlen! Ich würde es mir wirklich gern fünfzigtausend Francs kosten lassen, wenn ich jemand wüßte, der mich in dieser Sache zu unterstützen vermöchte."

„Wenn die Sachen so stehen", sagte Dupin, indem er eine Schublade herauszog und ihr ein Wechselformular entnahm, „so können Sie mir eine auf die obenerwähnte Summe lautende Anweisung ausstellen. Sobald ich Ihre Unterschrift habe, sollen Sie auch den Brief haben."

Ich fiel aus allen Wolken. Der Präfekt vollends war wie vom Schlage gerührt. Einige Minuten blieb er völlig sprach- und bewegungslos, wobei er meinen Freund mit offenem Munde und mit Augen, die aus ihren Höhlen treten zu wollen schienen, ungläubig anschaute; dann faßte er sich anscheinend wieder einigermaßen, griff nach einer Feder und füllte, nachdem er einigemal angesetzt, wieder innegehalten und uns öde angestarrt hatte, endlich das hingereichte Formular aus, unterschrieb es und reichte es Dupin über den Tisch hin.

Es war wirklich eine auf fünfzigtausend Francs lautende Anweisung.

Mein Freund prüfte das Papier erst sorgfältig, bevor er es in seine Brieftasche steckte; und nun schloß er ein kleines Schreibpult auf und zog daraus einen Brief hervor, den er dem Präfekten aushändigte.

Der oberste Leiter der Pariser Polizei griff, vor Freude außer sich, nach dem Brief, riß ihn mit zitternder Hand auf und überflog ihn. Dann stürzte er wie ein Wahnsinniger auf die Tür zu und, ohne auch nur ein Wort zu verlieren und in der unzeremoniösesten Weise von der Welt, zum Zimmer und zum Hause hinaus.

Als unser Polizeipräfekt uns verlassen hatte, hatte mein Freund die Güte, mir die Sache ein wenig zu erklären.

„Es ist", hob er an, „die Pariser Polizei in ihrer Weise ungemein geschickt. Sie besteht aus beharrlichen, scharfsinnigen, schlauen, pfiffigen Leuten, die alles das, was ihre Pflichten hauptsächlich zu erheischen scheinen, gründlich verstehen. Als daher G . . . uns auseinandersetzte, wie er das Ministerpalais durchsucht hatte, konnte ich vollkommen überzeugt sein, daß seine Nachforschungen mit größter Gewissenhaftigkeit geschahen. Soweit seine Arbeit sich erstreckte, ist nichts daran auszusetzen."

„Soweit seine Arbeit sich erstreckte, sagen Sie?" fragte ich.

„Ja", antwortete Dupin. „Die vom Polizeipräfekten angewandten Maßregeln waren nicht allein in ihrer Art die besten, sondern sie wurden auch mit nicht zu übertreffender Virtuosität ausgeführt. Hätte der Brief sich im Bereich ihrer Nachforschungen befunden, so würden diese Burschen ihn ohne Zweifel auch gefunden haben."

Ich lachte bloß; ihm aber schien es mit allem, was er sagte, völliger Ernst zu sein.

„Es waren also", fuhr mein Freund fort, „die Maßregeln des Polizeipräfekten in ihrer Art gut, und ebenso wurden sie auch gut ausgeführt; der Fehler lag nur darin, daß sie auf den vorliegenden Fall sowie auf den Mann, mit welchem man es zu tun hatte, nicht anwendbar waren. Dem Polizeipräfekten sind gewisse höchst sinnreiche Maßregeln eine Art Prokrustesbett, dem er seine Pläne mit aller Gewalt anpaßt. Immer und ewig aber irrt er sich und geht er fehl, indem er in der jeweiligen Sache zu tief und nicht tief genug geht. Gar mancher Schulknabe räsoniert besser als der schlaue Präfekt. Es mag nun acht Jahre her sein, als ich einen Knaben sah, der wegen des auffallenden Glückes, womit er in dem bekannten Spiel ‚Gerade oder Ungerade' riet, allgemein bewundert wurde.

Es ist dieses Spiel möglichst einfach; auch wird es gewöhnlich mit Marmorkügelchen gespielt. Einer von den Spielenden hat eine Anzahl solcher Kügelchen in der Hand und fragt einen anderen Knaben, ob die Zahl gerade oder ungerade ist. Rät der also gefragte Knabe richtig, so gewinnt er eine Kugel; rät er falsch, so verliert er eine. Nun aber gewann der Knabe, den ich meine, sämtliche Kügelchen seiner Kameraden. Warum?

Weil er bei seinem Raten von einem gewissen festen Prinzip ausging; dieses aber bestand in nichts anderem als darin, daß er an die Schlauheit seiner Gegner immer den gehörigen Maßstab anlegte.

Ein Beispiel: Ein erzdummer Geselle ist sein Gegner und fragt, die geschlossene Hand ausstreckend: ‚Gerade oder ungerade?' Unser pfiffiger Schulknabe antwortet ‚ungerade', und verliert; beim zweiten Mal aber gewinnt er schon, da er jetzt bei sich selbst sagt: Dieser dumme Kerl hatte beim ersten Mal gerade, und nun geht seine Schlauheit gerade so weit, daß er beim zweiten Mal ungerade hat; ich will also ungerade raten – er rät also ungerade und gewinnt.

Hätte er nun aber einen anderen Knaben sich gegenüber gehabt, der ein klein wenig pfiffiger gewesen wäre, so hätte er also gedacht: Es findet dieser Kerl, da ich beim ersten Mal ungerade geraten haben, er wird also beim zweiten Mal anfänglich sich vornehmen, ganz einfach von ungerade zu gerade überzugehen; bei reiflicherem Nachdenken aber wird es ihm einfallen, daß eine solche Variation, wie der erste dumme Kerl vorgenommen hat, gar zu einfach ist, und er wird sich also am Ende entschließen, gerade zu behalten. Ich will daher gerade raten – der pfiffige Knabe rät also gerade und gewinnt. Was ist nun aber in letzter Instanz diese Art, Schlüsse zu ziehen, welche wir bei dem Schulknaben, den seine Kameraden ‚einen glücklichen Kerl' nannten, in Anwendung gebracht sehen?"

„Es ist ganz einfach eine Identifizierung des Verstandes des Schließenden mit dem seines Gegners", erwiderte ich.

„Ja, das ist es", sagte Dupin, „und als ich den Knaben fragte, wie er es angreife, um die vollständige Identifizierung, worin seine Erfolge bestanden, zu bewerkstelligen, bekam ich folgende Antwort: ‚Sooft ich wissen will, wie klug oder wie dumm, wie gut oder wie schlecht jemand ist oder was er im Augenblick denkt, suche ich den Ausdruck meines Gesichts in möglichst genaue Übereinstimmung mit dem Ausdruck des seinigen zu bringen; und dann merke ich auf, was für Gedanken oder Gefühle in meinem Geiste oder Herzen aufsteigen, um sich mit dem Ausdruck meines Gesichtes gleichsam in Einklang zu setzen.' Diese Antwort

des Schulknaben nun liegt all jener unechten Gedan-
kentiefe zugrunde, welche man gewohnt ist, einem La
Rochefoucault, einem La Bougive, einem Macchiavelli,
einem Campanella zuzuschreiben."

„Und", fuhr ich fort, „die Identifizierung des Verstandes
des Schließenden mit dem seines Gegners hängt, wenn ich
Sie recht verstehe, von der Richtigkeit ab, womit der Verstand dieses Gegners beurteilt und gemessen wird."

„Was ihren praktischen Wert betrifft, so ist es allerdings
der Fall", erwiderte Dupin, „der Präfekt und seine Leute
aber schließen so oft fehl, weil diese Identifizierung bei
ihnen sich vermissen läßt, und zweitens, weil sie den Verstand, der ihnen feindlich gegenübersteht, schlecht beurteilen und messen oder, richtiger gesprochen, weil sie ihn gar
nicht beurteilen wollen. Sie gehen immer nur von dem aus,
was sie für Scharfsinn halten, und suchen sie etwas Verborgenes, so denken sie einzig und allein an die Art und
Weise, wie sie es versteckt haben würden. Auch haben sie
insofern recht, als sie ihren eigenen Scharfsinn für ein
treues Barometer des durchschnittlichen Scharfsinns der
Menschen ansehen; ist aber die List des verbrecherischen
Individuums, mit dem sie es zu tun haben, wesentlich von
ihrer eigenen verschieden, so entgeht ihnen natürlich der
Verbrecher. Und dies geschieht immer, wenn der Verbrecher listiger ist als sie, ja nicht selten auch dann, wenn
derselbe nicht so listig ist wie sie. Bei ihren Nachforschungen gehen sie immer und ewig von einem Prinzip aus;
höchstens dehnen sie ihre alten Verfahrensweisen aus oder
übertreiben sie, ohne dabei an ihren Prinzipien etwas zu
ändern, wenn ein ganz ungewöhnlicher Fall vorliegt – wenn
eine ungemein hohe Belohnung ausgesetzt ist. Was ich
ihnen zur Last lege, ist also, daß sie einseitig sind und ihr
Prinzip nicht zu variieren wissen.

Was ist zum Beispiel in diesem D . . .schen Falle getan

worden, um das Prinzip der Aktion zu variieren? Was ist all dieses Bohren, Durchstechen, Sondieren, dieses Untersuchen mit dem Mikroskop, dieses Teilen der Oberfläche des Hauses in notierte Quadratzolle – was ist es anderes als eine Übertretung der Anwendung des einen Untersuchungsprinzips, oder wenn Sie wollen, der Untersuchungsprinzipien, die auf der einseitigen Ansicht von menschlichem Scharfsinn basieren, woran der Präfekt in der Länge sich gewöhnt hat? Sehen Sie nicht, wie er es als etwas Ausgemachtes ansieht, daß alle Menschen in gleicher Weise verfahren, um einen Brief zu verstecken? Daß dieselben, wenn sie auch nicht zu einem in einen Stuhlfuß gebohrten Loch ihre Zuflucht nehmen, immerhin einen recht verborgenen Winkel, ein recht verborgenes Loch wählen, kraft desselben Ideenganges, der es einem Menschen rätlich erscheinen ließe, einen Brief in einem in einen Stuhlfuß gebohrten Loch zu verstecken?

Und sehen Sie ferner nicht auch, daß solche Verstecke einzig und allein für gewöhnliche Anlässe passen und nur von Menschen mit ganz gewöhnlichem Verstand gewählt werden würden? Denn sooft etwas gesucht wird, was versteckt wurde, läßt es sich vor allem erwarten, daß es in solch raffinierter Weise beiseite gebracht wurde; und so hängt denn die Entdeckung des Gegenstandes keineswegs vom Scharfsinn, sondern einzig und allein von der Sorgfalt, der Ausdauer, der festen Entschlossenheit der Suchenden ab. Und ist der Fall ein wichtiger – oder ist, was in den polizeilichen Augen auf dasselbe herauskommt, die ausgesetzte Belohnung ungewöhnlich groß –, so geht man mit den fraglichen Eigenschaften nie fehl.

Nun werden Sie verstehen, was ich meinte, wenn ich sagte, daß der entwendete Brief unzweifelhaft aufgefunden worden wäre, wenn derselbe so versteckt gewesen wäre, daß er im Bereich der Nachforschungen des Präfekten sich gefunden hätte – mit anderen Worten, wenn das Prinzip des Präfekten enthalten gewesen wäre. Der Präfekt aber ist völlig mystifiziert worden, und es liegt die entfernte Ursache seiner Niederlage in der Voraussetzung, daß der Minister ein Narr sei, weil derselbe sich als Dichter einen Namen gemacht hat. Alle Narren sind Dichter: Das fühlt der Präfekt, und er macht sich bloß einer non distributio medii schuldig, wenn er daraus den Schluß zieht, daß alle Dichter auch Narren seien."

„Ist es aber wirklich auch der Dichter?" fragte ich. „Soviel ich weiß, sind es zwei Brüder, und beide haben sich in der Literatur einen Namen gemacht. Wenn ich mich nicht irre, so hat der Minister eine gelehrte Abhandlung über die Differentialrechnung geschrieben. Er ist ein Mathematiker, aber kein Dichter."

„Darin irren Sie sich, ich kenne den Mann wohl, und er ist beides. Als Dichter und Mathematiker würde er gut räsonieren; als bloßer Mathematiker hätte er gar nicht räsonieren können und wäre so ganz und gar in des Präfekten Gewalt gewesen."

„Sie überraschen mich wahrlich mit diesen Ansichten", sagte ich, „denn die ganze Welt widerspricht denselben. Sie werden doch eine seit Jahrhunderten so fest begründete Ansicht nicht umstoßen wollen? Die mathematische Vernunft gilt schon lange als die Vernunft par excellence."

„Il y a á parier", antwortete Dupin, eine Stelle aus Chamford anführend, „que toute idée publique, toute invention reçue, est une sottise, car elle a convenu au plus grand nombre. Ich gebe zu, daß die Mathematiker aus Kräften zur Verbreitung des allgemeinen Irrtums beigetragen haben, auf den Sie anspielen und der darum nicht weniger ein Irrtum ist, weil er als eine unantastbare Wahrheit hingestellt wird. So zum Beispiel haben die Mathematiker mit einer Kunst, die einer besseren Sache würdig

gewesen wäre, das Wort Analysis in die Algebra einge-
schmuggelt, um es als ein gleichbedeutendes Wort zu
gebrauchen. Die Franzosen sind die Leute, denen man
diese Täuschung verdankt; hat aber ein wissenschaftlicher
Ausdruck oder überhaupt ein Wort eine feste Bedeutung,
einen Sinn – verdanken die Wörter ihrer Anwendbarkeit
einigen Wert –, dann steckt in dem Worte Analysis das
Wort Algebra etwa ebenso wie im lateinischen ambitus
Ehrgeiz, in religio Religion, in homines honesti ehrenwerte
Männer.‟

„Wie ich sehe, werden Sie demnächst mit einigen Pariser
Vertretern der Algebra anbinden‟, sprach ich. „Aber fahren Sie fort!‟

„Was ich sagen will, was ich meine‟, fuhr Dupin fort,
„ist, daß, wäre der Minister nichts als ein Mathematiker
gewesen, der Präfekt sich nicht gezwungen gesehen hätte,
mir diese Anweisung zu geben. Ich aber kannte D . . . als
einen Mathematiker und Dichter zugleich, und diesen seinen Eigenschaften waren meine Maßregeln angepaßt in
bezug auf die eigentümlichen Umstände, in denen er sich
befand. Aber ich kannte ihn auch als einen Höfling und
einen frechen Intriganten. Ein solcher Mann, schloß ich,
müsse die gewöhnlichen Modi der polizeilichen Tätigkeit
notwendig kennen. Die Nachstellungen, denen er ausgesetzt war, mußte er vorhergesehen haben – und daß dies
wirklich der Fall war, hat die Folge bewiesen. Ich dachte
ferner, er müsse die geheimen Hausdurchsuchungen vorhergesehen haben. Daß er nachts so wenig daheim war –
ein Umstand, den der Präfekt als ein weiteres Element
sicheren Gelingens begrüßte –, sah ich bloß als List an, um
der Polizei Zeit und Gelegenheit zu geben, das Ministerpalais gründlich zu durchsuchen, und um den Präfekten je
eher je lieber zu überzeugen – was dem schlauen Minister
endlich auch gelang –, daß der Brief nicht im Hause sei.

Ich fühlte ferner, daß der ganze Ideengang, den ich Ihnen hier mit einiger Mühe auseinandergesetzt habe –, daß der Ideengang, von dem die Polizei, wenn sie etwas sucht, sich stets beherrschen läßt, notwendig dem Minister geläufig sein würde. Und so mußte derselbe – ich sage, mußte derselbe es verschmähen, den Brief in gewöhnlicher Weise zu verstecken. Er konnte nicht so schwachsinnig sein, um nicht zu sehen, daß selbst die geheimsten und fernsten Winkel seines Palais' für die Augen, die Nadeln, die Sonden, die Bohrer, die Mikroskope des Präfekten ebenso offen sein würden wie das erste beste Kabinett. Kurz, ich sah, daß er ganz natürlich und ganz notwendig zu einfachen Mitteln greifen würde, wenn er nicht schon aus Liebhaberei sich für solche entschiede. Sie erinnern sich vielleicht noch, wie der Präfekt lachte, als ich bei unserer ersten Unterredung die Ansicht hinwarf, daß diese mysteriöse Sache ihm vielleicht nur darum so viel zu schaffen mache, weil sie so durchsichtig wäre und so klar zutage läge."

„Ei, freilich erinnere ich mich seiner Lustigkeit noch", sagte ich. „Meinte ich doch, es würde der Präfekt Zuckungen bekommen."

„Es bieten die materielle und die unmaterielle Welt", fuhr Dupin fort, „eine Menge strenger Analogien; und so hat das rhetorische Dogma, wonach die Metapher, wonach ein Gleichnis ein Argument soll stärker machen und eine Beschreibung verschönern können, einen Schein von Wahrheit bekommen. So scheint zum Beispiel das Prinzip der Trägheit in der Physik und Metaphysik identisch zu sein. Daß ein großer Körper schwerer in Bewegung gebracht wird als ein kleinerer und daß dessen nachheriges Moment dieser Schwierigkeit adäquat ist, gilt in der Physik keineswegs mehr als in der Metaphysik der Satz, daß gewaltigere Geister, während sie in ihren Bewegungen gewichtiger, beständiger und folgenreicher als schwächere Geister sind, um so schwerer in Bewegung zu setzen und bei den ersten Schritten, die sie tun, in demselben Verhältnis verlegen und unschlüssig sind. Noch eine Frage: Haben Sie schon wahrgenommen, welche Schilder über den Läden der Gewerbetreibenden die Aufmerksamkeit am meisten auf sich ziehen?"

„Ich habe diesem Gegenstand noch nie besondere Aufmerksamkeit gewidmet", erwiderte ich.

„Es gibt", hob Dupin nun wieder an, „ein Vexierspiel, das man auf einer Landkarte spielt. Der eine spielende Teil verlangt vom anderen, er solle ein gegebenes Wort finden – den Namen einer Stadt, eines Flusses, eines Staates, eines Reiches – kurz und gut, ein Wort auf der bunt bedruckten Kartenfläche mit ihren vielen Tausenden von Wörtern und Zeichen. Nun sucht ein Neuling seinen Gegner dadurch in Verlegenheit zu bringen, daß er ihm die mit kaum sichtbarer Schrift gedruckten Namen zu suchen gibt; der Adept dagegen wählt immer nur solche Wörter, die fast in fußhoher Schrift von einem Ende der Landkarte bis zum anderen reichen. Diese Wörter werden, eben weil sei so sehr ins Auge fallen, nicht mehr beachtet als die mit übergroßen Buchstaben bedeckten Schilder und Plakate, denen wir in den Straßen begegnen; und hier ist das physische Übersehen genau analog dem geistigen Übersehen, der Unachtsamkeit, womit wir über Betrachtungen hinweggehen, die allzuklar und augenscheinlich sind und sich uns allzusehr aufdrängen. Allein wie es scheint, ist das ein Ding, das für des Präfekten Verstand etwas zu hoch oder zu niedrig ist. Nie hielt er es auch nur einen Augenblick für wahrscheinlich oder möglich, daß der Minister den bewußten Brief aller Welt vor die Nase hinlegen würde, als die beste und sicherste Art, ihn allen Blicken zu entziehen.

Je mehr ich aber über den kühnen, scharfen Verstand

und das besonnene Wesen des Ministers nachdachte, je mehr ich das Faktum ins Auge faßte, daß das Dokument immer in der Nähe gewesen sein mußte, wenn er es sollte gehörig ausnützen können, je mehr ich endlich überlegte, daß der Präfekt trotz aller seiner Nachsuchungen nichts gefunden hatte – um so fester war ich überzeugt, daß der Minister, um diesen Brief zu verbergen, zu dem so sicheren und scharfsinnigen Mittel gegriffen hatte, ihn gar nicht zu verbergen.

Von diesen Gedanken erfüllt, bewaffnete ich mich eines schönen Morgens mit einer grünen Brille und trat, scheinbar ganz zufällig, in das Ministerpalais. Ich traf D . . . zu Hause an, gähnend, müßig und sich mit allerlei Lappalien beschäftigend – wie man ihn gewöhnlich findet. Zugleich behauptete der Minister, er wisse sich vor Langeweile gar nicht mehr zu helfen und müsse, wenn das so fortdauere, derselben erliegen. Ich muß Ihnen aber enthüllen, daß der Minister vielleicht einer der energischsten Menschen ist, die auf dieser Erde leben; nur ist er das einzig und allein dann, wenn niemand ihn sieht.

Um ihm nichts schuldig zu bleiben, beklagte ich mich über meine schwachen Augen, welche mich zwängen, zu einer Brille meine Zuflucht zu nehmen. In Wahrheit aber hatte ich die Brille nur deshalb aufgesetzt, um ungehindert alles beobachten zu können, und so musterte ich denn mit aller Vorsicht und zugleich mit aller Gründlichkeit das Zimmer, in dem ich mich befand, während ich scheinbar meine ganze Aufmerksamkeit dem Gespräche zuwandte, in das ich mich mit dem Minister allmählich verwickelt hatte.

Ganz besonders nahm meine Aufmerksamkeit ein großer Schreibtisch in Anspruch, an dem Seine Exellenz saß und auf dem verschiedene Briefe mit noch anderen Papieren, ein paar musikalische Instrumente und etliche Bücher in größter Unordnung herumlagen. Hier sah ich jedoch, nachdem ich den Tisch lang und genau gemustert hatte, ganz und gar nichts, was besonders verdächtig gewesen wäre.

Endlich fielen meine Augen, als sie so im Zimmer umherliefen, auf einen elenden Visitenkartenhalter von Pappendeckel, der, mit Filigranarbeit verziert, mittels eines schmutzigen blauen Bandes, in nicht ganz halber Wandhöhe, über dem Kaminsims an einem kleinen gelben Nägelchen befestigt war. In diesem Visitenkartenhalter, der drei oder vier Fächer hatte, steckten fünf bis sechs Visitenkarten und ein vereinsamter Brief. Letzterer war sehr verknittert und beschmutzt. In der Mitte war er halb entzweigerissen, wie wenn es anfänglich die Absicht des Besitzers gewesen wäre, ihn als nutzlos zu zerreißen, und wie wenn derselbe dann plötzlich seine Absicht geändert habe. Es hing daran ein großes, sehr in die Augen fallendes schwarzes Siegel mit der D . . .schen Chiffre, und was die Adresse betrifft, so war sie die des Ministers selbst und verriet eine Frauenhand. Die Handschrift selbst war ungewöhnlich klein. Der Brief aber war nur nachlässig und, wie es schien, sogar mit einer Art Verachtung in eines der obersten Fächer des Visitenkartenhalters gesteckt worden.

Sobald ich diesen Brief wahrgenommen hatte, kam ich zu dem Schluß, daß es der Brief sein müsse, den ich suchte. Allerdings war dieser Brief dem Anschein nach ganz und gar von dem verschieden, von dem uns der Präfekt eine so genaue und ins einzelne gehende Beschreibung gegeben hatte. Hier war das Siegel groß, schwarz und mit der D . . .-schen Chiffre versehen; dort war dasselbe klein und rot und trug das herzogliche Wappen der Familie S . . .. Hier war die Adresse des Ministers von der Hand einer Frau und mit ganz kleinen Buchstaben geschrieben; dort war die Schrift ungemein kühn und entschieden und trug den Namen einer gewissen hohen königlichen Person; nur die Größe des Briefes war in beiden Fällen gleich. Aber dann diese vielen radikalen, fast bis zum Übermaß gehenden Unterschiede – der Schmutz, der zerrissene Zustand des Papiers, was mit den wirklichen Gewohnheiten und der Ordnungsliebe des Ministers so wenig harmonierte und im Gegenteil eine Absicht verriet, dem, der den Brief sehen möchte, die Idee beizubringen, daß derselbe durchaus wertlos sei: Alle diese Dinge samt dem Umstand, daß das Dokument sich aller Augen aufdrängte, ganz in Übereinstimmung mit den Schlüssen, zu denen ich früher gelangt war – alle diese Dinge, sage ich, mußten einen Menschen, der mit der Absicht, etwas Verdächtiges zu finden, herkam, in seinem Verdacht mächtig bestärken.

Ich verlängerte meinen Besuch möglichst und hörte keinen Augenblick auf, an den Brief zu denken, während ich mit dem Minister ein höchst lebendiges Gespräch über ein Thema unterhielt, von dem ich wohl wußte, daß es ihn stets interessiere und aufrege. Indem ich den Visitenkartenhalter musterte, prägte ich meinem Gedächtnis das Aussehen des Briefes und das Feld ein, worin er steckte; auch kam ich endlich auf eine Entdeckung, welche die Bedenklichkeiten, die ich etwa noch hatte, vollends beseitigte. Als ich mir nämlich die Ecken des Papiers ansah, nahm ich wahr, daß sie mehr abgenutzt waren, als nötig schien. Sie sahen eigentümlich gebrochen aus wie ein steifes Papier, das, nachdem es einmal gefalzt worden ist, in umgekehrter Richtung wieder gefalzt wird, so daß dieselben Falten oder Ecken, welche es ursprünglich gehabt hat, wiederkehren. Mir war nun klar, daß der Brief wie ein Handschuh umgewendet, mit einer anderen Adresse und einem neuen Siegel versehen worden war. Ich wünschte dem Minister einen guten Morgen und ging plötzlich weg, ließ aber absichtlich eine goldene Tabaksdose auf dem Tisch liegen.

An dem darauffolgenden Morgen erschien ich wieder bei dem Minister, um die vergessene Schnupftabaksdose zu holen, und es wurde diese Gelegenheit benutzt, das am vergangenen Tage abgebrochene Gespräch wieder aufzunehmen und mit aller Lebendigkeit fortzuführen. Indem wir aber so miteinander sprachen, ließ sich unmittelbar unter den Fenstern des Hotels ein Schuß hören, der aus einer Pistole zu kommen schien; und einen Augenblick darauf entstand ein furchtbares Geschrei. Der Minister eilte alsbald ans Fenster, riß es auf und schaute hinaus. Ich aber stürzte unterdessen nach dem Visitenkartenhalter, nahm den Brief heraus, steckte ihn ein und ersetzte ihn durch eine Nachbildung (was das Äußere betrifft). Ich hatte sie mit vieler Sorgfalt angefertigt und dabei die D . . . sche Chiffre ohne Schwierigkeit vermittels eines aus Brot geformten Siegels nachgeahmt.

Das Geschrei und der Auflauf auf der Straße waren durch das verrückte Benehmen eines musketentragenden Mannes herbeigeführt worden. Es hatte nämlich dieser Mann seine Muskete unter einen Haufen Frauen und Kinder abgefeuert. Indessen stellte es sich alsbald heraus, daß das Gewehr nicht scharf geladen gewesen war, und so ließ man denn den Kerl als einen Verrückten oder Betrunkenen seines Weges gehen.

Nachdem der Mann fort war, verließ auch der Minister wieder das Fenster, wohin ich ihm gefolgt war, sobald ich das, was ich erreichen wollte, erreicht hatte. Natürlich dehnte ich nun meinen Besuch nicht mehr allzulange aus. Der vermeintliche Verrückte aber war von mir angestellt und bezahlt worden.“

„Welche Absicht hatten Sie denn aber dabei, als Sie anstatt des Briefes eine Nachbildung in den Visitenkartenhalter steckten?“ fragte ich. „Wäre es nicht besser und klüger gewesen, wenn Sie schon beim ersten Besuch den

Brief vor des Ministers Augen weggenommen hätten und damit zur Tür hinausgestürzt wären?"

„Da hätte ich schön ankommen können", erwiderte Dupin. „Sie müssen wissen, D . . . ist ein höchst verwegener, kräftiger Mann. Auch hat er in seinem Palais Leute, auf die er zählen kann. Hätte ich also den unbesonnenen Streich gemacht, von dem Sie eben gesprochen, so wäre ich wohl nicht mehr lebendig aus dem Palais hinausgekommen. Die guten Pariser hätten wohl von mir nichts mehr gesehen noch gehört. Abgesehen davon aber lag mir an etwas anderem gar viel. Sie kennen meine politischen Ansichten und wissen, wie sehr ich davon erfüllt bin. In dieser Sache aber handle ich als ein Partisan der in Frage stehenden Dame. Seit achtzehn Monaten hat der Minister sie nun in seiner Gewalt gehabt. Nun hat sie ihn in ihrer Gewalt, da er, nicht wissend, daß er den Brief nicht länger besitzt, in seinen Forderungen auch ferner so weit gehen wird, als ob der Brief noch in seinem Besitz wäre. So wird er unausbleiblich sich selbst stürzen. Sein Sturz aber wird ebenso plötzlich als plump sein. Es ist recht schön und gut, wenn man von einem facilis descensus Averni spricht; bei allem Klettern aber ist es, wie die Catalani einst vom Singen sagte, weit leichter hinauf als herunter zu kommen. Im vorliegenden Fall hege ich durchaus keine Sympathie – und auf jeden Fall kein Mitleid für den Herabkommenden. Er ist jenes monstrum horrendum, als das jedem denkenden Menschen ein talentvoller Mann erscheinen muß, der aller Grundsätze und aller höheren Sittlichkeit bar ist. Gleichwohl will ich gestehen, daß ich recht gern wissen möchte, was er denkt, wenn, von der ,hohen Person', von welcher der Präfekt gesprochen, herausgefordert, ihm nichts mehr übrig bleibt als den Brief zu öffnen, den ich in seinen Visitenkartenhalter gesteckt habe."

„Wie? Haben Sie etwas hineingeschrieben?"

„Sehen Sie, lieber Freund, es schien mir nicht so ganz recht, das Innere weiß zu lassen – es wäre das eine grobe Beleidigung gewesen. Es hat mir D . . . einst zu Wien einen bösen Streich gespielt, und da habe ich ihm denn in bester Laune gesagt, daß ich es ihm nicht so bald vergessen würde. Da ich nun wußte, daß es ihn einigermaßen interessieren dürfte, die Person zu kennen, die ihn in solcher Weise überlistet hat, so meinte ich ihm einen Schlüssel geben zu müssen. Er kennt meine Handschrift gar wohl, und so habe ich denn mitten auf das weiße Blatt nur nachstehende Worte geschrieben:

Ein Plan so schrecklich
ist des Thyestes würdig, wo nicht des Atreus.

Sie sind aus Crebillons *Atreus* kopiert."